就是要開花

紀
小
樣

總序　臺灣詩學吹鼓吹詩人叢書出版緣起

蘇紹連

　　「臺灣詩學季刊雜誌社」創辦於一九九二年十二月六日，這是臺灣詩壇上一個歷史性的日子，這個日子開啟了臺灣詩學時代的來臨。《臺灣詩學季刊》在前後任社長向明和李瑞騰的帶領下，經歷了兩位主編白靈、蕭蕭，至二〇〇二年改版為《臺灣詩學學刊》，由鄭慧如主編，以學術論文為主，附刊詩作。二〇〇三年六月十一日設立「吹鼓吹詩論壇」網站，從此，一個大型的詩論壇終於在臺灣誕生。二〇〇五年九月增加《臺灣詩學・吹鼓吹詩論壇》刊物，由蘇紹連主編。《臺灣詩學》以雙刊物形態創詩壇之舉，同時出版學術專業的評論詩學，及以詩創作為主的詩刊。

　　「吹鼓吹詩論壇」定位為新世代新勢力的網路詩社群，以「詩腸鼓吹，吹響詩號，鼓動詩潮」十二字為論壇主旨，典出自於唐朝・馮贄《雲仙雜記・二、俗耳針砭，詩腸鼓吹》：「戴顒春日攜雙柑斗酒，人問何之，曰：『往聽黃鸝聲，此俗耳針砭，詩腸鼓吹，汝知之乎？』」因黃鸝之聲悅耳動聽，可以發人清思，激發詩興，詩興的激發必須砭去俗思，代以雅興。論壇名稱「吹鼓吹」三字響亮，論壇主旨旗幟鮮明，立即在網路詩界開荒之際引領風騷。

「吹鼓吹詩論壇」網站在臺灣網路執詩界牛耳是不爭的事實，詩的創作者或讀者們競相加入論壇為會員，除於論壇發表詩作、賞評回覆外，更有擔任版主者參與論壇版務的工作，一起推動論壇的輪子，繼續邁向更為寬廣的網路詩創作及交流場域。在這之中，有許多潛質優異的一九七〇和一九八〇世代的年輕詩人逐漸浮現出來，其詩作散發耀眼的光芒，深受詩壇前輩們的矚目，另外，也有許多重拾詩筆寫詩的一九五〇和一九六〇世代詩人，因為加入「吹鼓吹詩論壇」後更為勤奮努力，而獲得可觀的成果，他們不分年紀，都曾參與「吹鼓吹詩論壇」的耕耘，現今已是能獨當一面的二十一世紀頂尖詩人。

　　二〇一〇年，為因應facebook的強力效應，「臺灣詩學」增設了「facebook詩論壇」社團，由臉書上的寫作者直接加入為會員，一齊發表詩文、談詩論藝，相互交流。二〇一七年一月二日起，將「facebook詩論壇」改為本社在臉書推動徵稿的平臺園地，與原「吹鼓吹詩論壇」網站並行運作。後來，因應網路發展趨向，「吹鼓吹詩論壇」網站漸失去魅力，故於二〇二一年五月三十一日宣告關站，轉為資料庫，只留臉書的「facebook詩論壇」做為投稿窗口，並接受e-mail投稿，而《吹鼓吹論壇》詩刊仍依編輯企劃，保留設站的精神：「詩腸鼓吹，吹響詩號，鼓動詩潮」，繼續的運作。

除了《吹鼓吹論壇》詩刊外，二〇〇九年起，更進一步訂立「臺灣詩學吹鼓吹詩人叢書」方案，鼓勵在「吹鼓吹詩論壇」創作優異的詩人，出版其個人詩集，期與「臺灣詩學」的宗旨「挖深織廣，詩寫臺灣經驗；剖情析采，論說現代詩學」站在同一高度，留下創作的成果。此一方案幸得「秀威資訊科技有限公司」應允，而得以實現。「臺灣詩學季刊雜誌社」將戮力於此項方案的進行，每年甄選數名優秀的詩人出版詩集，以細水長流的方式，也許三年、五年，甚至十年之後，這套「吹鼓吹詩人叢書」累計無數本詩集，將是臺灣詩壇在二十一世紀中一套堅強而整齊的詩人叢書，以此見證臺灣詩史上這段期間詩人的成長及詩風的建立。

　　我們殷切期盼，歡迎詩人們加入「臺灣詩學吹鼓吹詩人叢書」的出版行列！

二〇二三年一月修訂

我會靜靜讀你的心

作家　石德華

一、詩有他沒我

我會靜靜讀你的詩，你的心。

收到小樣傳來的詩稿我這樣回。他一直稱謝。但他應該知道，詩非我所擅。第二屆臺灣文學獎，我是小說首獎，他第二名。評審後來透露，因為他的作品有一小段有一點小顧慮，幾經討論我才被change上去的。我曾問過他會有一點小惋惜嗎？他說，不會啊：「就那一屆，我同時得了新詩優選獎。」

詩，有他，可沒有我。

請我為他的詩集寫序，當然不會是為詩，是為心。

二、外星人

臺中文學館落成那天，我和他和嚴忠政活動結束後，一起要去咖啡館會蔡淇華。在車上說個什麼，他就笑，那種和喜歡的人在一起動不動孩子般的就愛笑。我記得我們在說余光中的「翩翩，你走來／像一首小令／從一則愛情的典故裡你走來」，我說當我出現在淇華面前，會不會是「翩翩，你走來／像一首元曲的你走來」，他就笑個不停。那一天，他們中不知哪位帶來一盒燭光原味雪茄，但我早就忘了許多細節包含他們

有抽嗎怎麼抽為什麼最後仍留一根雪茄在盒裡等等？

　　木菸盒上貼了一張禁菸圖文，有個人痛苦地雙手抓著柵欄（那柵欄明明是香菸），圖上印有一句警語：癮困你一生。不知他們中哪位在警語前貼上一張小白圓紙，上面加一個字，就成了「詩癮困你一生」。我們全在木盒上簽了名，還有人信手在盒上手書詩句，將四個人的名字全嵌了進去。

　　很多年前的事了。再來，我們就各自領有自己的風雲與江山，四人不曾再全員到齊過。木菸盒仍收藏在我家，上頭的簽名是那種猛然收起玩心寫字，眼珠有點成鬥雞眼的那種專心，筆畫留有那一天的心情。

　　那天車上，另有個話題是「地球上的外星人」，行禮如儀人模人樣，卻拗怪在骨子裡，和地球人始終有著自己才知道的說不出的格格不入。這是當時同處一車風貌大不同的我們三人身上的，最大公約數。

　　後來，我私自認定且無可撼動，要論排行，最外星人的外星人，會是小樣。

　　最多情、最多感，神經末端纖維最敏感，最讓人即便沒認同風格也會因看在眼裡的他的執著認真，而無法置一詞。

　　幾次新書分享會，平日外星人的我，不免也明擺著地球人銷書的意念，那次他的新書發表會，拿起麥克風第一句，我聽見他真心在對大家說：「我不要你們買書，我很想和你們說詩。」

聽詩人說自己的詩，一向是我認為的幸福事，尤其小樣總能說得份外清澈分明，但無論出書不出書，不說實力或虛名，他還沒學會嗎？地球人要看且看得懂的，只有數字。

　　他住大度山上而不開車，無論到任何一個現場，都是一段輾轉而遙遠的路途，而他常是最不喧嘩的存在，最忠實的在座，從不交代或表露任何過程，該在的時候他就在，我老是記得幾次在我的主場，常是說著說著突然掠眼，小樣就坐在那兒，觀眾席偏邊的一隅，孤孤靜靜的，聽得專注，結束，他就再走回那一段輾轉而遙遠的路途。

　　他自己的場子，還沒開口呢，整個人的誠懇真摯就款款盪開滿室，而他為別人的場子當主持人的時候，唯詩人才能呈現的內涵風采包裹於幽默機伶的語言裡，讓人幾疑自己會不會上錯星球看錯人？噯，是平積厚蓄會讓人真正豐富嗎，還是豐富才真正懂得如何平蓄且無限鋪展？

　　有一年，我以崇倫公園（今改名半坪厝公園）裡殉職消防員陳俊宏的銅像為引，舉辦了一場以詩歌音樂向生命致敬的活動《三月驚蟄》，小樣不但為之作詩為歌、並且親自演唱，在他盪氣迴腸的歌聲中，全場大淚崩，歌聲止了，好多人猶頻頻在拭淚，當時在現場的人說，這股感動迄今仍無可超越。他獻詩歌給1995年殉職的陳俊宏小隊長：那時你二十四歲，現在差不多也快過了二十四年，你還是二十四歲。

火　伸出爪子

愛　就開始起頭

不怕烏雲罩頂

包在玄鐵裡的心

終於有了一點溫暖

………

在夏威夷清涼的天空

我們知道愛有另一種寫法

鋼鐵也可以融化

何況紀念的青銅

（【輯伍】愛的另一種寫法）

　　生命這麼倉皇短暫，這麼值得被深深靜靜的理解，卻又這麼輕易就要被時光捲滾淘洗而去，只有文字能捲舒如葉，似舟掬起，乘浪尖讓記憶起伏流轉不休止，不只為陳小隊長，小樣以詩成籍，對這一整場抓不準的紅塵人世，告白他愛的另一種寫法。

　　單向，是小樣，他種下的，發穎的，長葉的，不計一切就是要開花的，都是詩，他就住在詩裡。但小樣又是複合的，揉合天真與深心，正義與抒情，謙和與自信，才華與境遇，這在地球上，他可以自成一款美學系統，但若食指伸向

外太空，恐怕會接收到更強烈的波頻回應。

三、參照系

我最喜歡書中輯貳〈曾經綠過〉。

曾看過影片裡，地球人和外星人外表談吐完全無可分辨，唯一的可檢驗是，外星人的血是綠的。但小樣的血，是火熱滾燙的地心紅，輯貳裡的血，尤其是風乾帶褐，再澆上熱鋼汁的赭紅。

只有地球人才真正能懂地球人。果汁機裡無法消化的靈魂的渣滓，無限膨脹扭曲的野蠻冷酷和荒謬：戰爭、軍事家、政客嘴臉、閱兵、軍人公墓，真理如同積木，和平的情婦是核子彈，在歷史裡禿鷹比鴿子還忙，子彈比蛆蟲還忙，正直等同悲哀的傷痕，只合千百年後為同樣寂寞的人取暖如炭……。

而頭一別，眼眸立即柔而沉，他用帶痛的敬意寫微小蒼生，〈礦工〉的命題是「奮勇向最低層挺進吧！只要輕輕觸摸到死神黑色的衣角／孩子們就有牛奶喝」。軍人公墓昂仰的墓碑仍然「挺著大理石的胸膛，用它們陰刻的名字，向將軍致最高的敬禮」。而「（偌大的世界，只要還有一個人相信我）／對於事實與真相之間的距離／我感到一股無法言喻的猥瑣與茫然」……。

值不值？又怎樣？奈不奈何？強權拆穿諷刺的犀利一如對弱者生之卑微艱苦的慈悲，都是用情至深，對這人世，不

是嗎？情感愈真者，悲痛愈深切。

「這世界有許多東西不需要說明／螢火蟲那樣亮著／就是不忍星星們失去一個／人間的參照系」（【輯壹】隨想九行）。小樣終究是地球人，他是外星人留在人間的一個參照系。

四、潮濕灰

本然，必然，當然，我們都是正港大範的地球成人，與世那一點格格不入算得了什麼我們總能喬出相容相合的角度讓外表一點都看不出敨卡。多年前車上那一段對話？噯，童年嘛。

小樣看待生命，那苦生與苦死，苦老與苦病，苦永遠償不了的愧歉，苦在心底綿綿細細的纏絲，我全都低眉斂目合十相應，唯道一字「諾」，在人世深連結的網絡裡必須再三切割，詩人一語就道盡我生而為地球人最全最終極的感悟：

　　我已無限縮小人世的規模
　　為了一種難以知解的天寬地闊
　　──無母無父而
　　一人孤哀

　　　　　　　　　（【輯伍】我已縮小人世的規模）

他的父後母對年，我這一路人生的語不竟意不盡，懵懂世人們那些夢醒的怔忡，彷彿的依悉，恍恍於可感與不可感邊緣的那一大片潮濕灰，都在他的詩裡具全。文字讓被想念的人全復活了，從遺照走下來，反身回走，我看著小樣父親的背影，走過多雨的暖暖，走到郵局那條街摸摸口袋裡放妥當的那枚印章，走過一畦畦水稻、番薯、荷蘭豆、玉蜀黍，走過戴起老花眼鏡慎重讀兒子詩集的屋子，走過獨自斟酌二鍋頭的客廳，走過絲瓜黃花攀牆的老家廳堂，走過異鄉、走過月臺、走過夕陽，「青澀的十四歲便認識了兩百公里外的月臺比福興鄉社尾村到天母哄哩岸路途更長的長工」（【輯肆】歸藏），骨節不鏽、雙腳不腫，沒插管，他走過，走過，走過，經誦滿天……。

　　地球真是全銀河宇宙，最美麗也最感傷的星球。

五、浪漫五柳

　　《就是要開花》全書最浪漫的，該是書名本身及輯頭詩的五幅附圖。

　　圖很美，詩人以之註記永恆的五柳，先生不知何許人也，唯柳下堆花以成詩。擅長美食書寫與繪畫的林乃光，看見高山生存條件如此惡劣，山壁駁坎任何角落縫隙，卻都有微小的植物不僅堅韌的活，並且就是要開花，乃光為這樁「不起眼卻意涵著偉大生命力」的存在並綻放而感動，以油畫設色敷彩，

小樣以圖以植物名發揮詩情共鳴應和，這二人，情與誼相重相惜，畫與詩合韻並美。唯一的水彩人物畫，一點都不違和，那也是一段「就是要開花」偉岸的生命故事。

得獎、出書、上文學地景電視節目、主編兒童文學刊物……，這些真是地球人價值體系裡的花團錦簇了，小王子是在地球上的外星人，心中只有B612星球的一朵玫瑰花，小樣也是，他只心繫五柳宅邊樹，以筆耕鋤以筆為杖，日日還要習佛與修禪。

至於那年雪茄盒上的那首詩，我早就不記得是誰寫的了：

　　一首唐詩　在菸頭

　　掙扎燃燒等待被我釋放

　　記得那血一樣　小樣只忠於詩人的專政

　　友誼似德，灼灼其華

　　我要將你的長髮剪成宋詞

因寫此序彼此鉤沉才揭曉，原來前二句是小樣寫的，三、四句是淇華，最後一句不會吧竟然是我。這世間需要很多故事，帶玄傳奇翻轉的才夠神，這首詩，完全沒能成就誰，只靜靜塞在歲月的角落，自己守住一個偶然的即興的午後於被遺忘的邊緣，能將沉默往事細細記取，揭曉這首詩的，當然是小樣。

這朵花，只有天地可以伸手來接

——序紀小樣詩集《就是要開花》

　　詩人的每一首詩，都是從生命「春寒料峭最冷處」長出
的花朵。

　　那天寒地凍時節，適逢父喪，詩人自己成了震央——

> 我們家有幾次板塊碰撞
> 這一次，你是震央；而我們
> 還來不及成立
> 應變中心

　　〈家喪〉

　　詩人面對生命大震，靈魂被「山風輕輕剝下一層體
溫」，唯一的應變方式，是「在單薄的火柴棒上，努力凝結
意象」，將詩行化為「金黃的陽光條紋，熱辣辣地靠近」，
讓大寒季節「三尺半的雪意，一步一步退卻」。詩人還要
「把手深掘三吋，才會看見，還有一個等雪融化的夢」。

　　那個夢，就是要「在一條浮不起自己的河中，匍匐向

詩的大海」，然後「往天地憂慮的兩邊一推，就是微涼的山
風，吹來花香」。這朵充滿馥郁香氣的詩花，只有天地可以
伸手來接！因為這朵花有「風的飄逸筆觸」，還有「雨的壯
闊淋漓」；而這「壯闊淋漓」的豪邁詩情，鼓舞進入初老的
詩人下定決心，以詩為命：

> 我不走了。
> 我要在這裡釘住，整座戈壁
> 總該有個繫馬的地方……
>
> 客棧在後，綠洲在古代；
> 風沙在前，絕望已死；
> 坎兒井與詩歌在遠方
>
> 我不走了。
> 我要學那隻孤獨的
> 蒼鷹，把天空
> 越托越高……
>
> 〈胡楊〉

　　詩人只想追逐把天空托高的生活，因為俗事堆疊，「積

木最終的命運，就是　推倒」。他想像礦工一樣，繼續在人生最深沉的苦難中挖掘，「只要挖出黑暗；生活就有了黎明」。因為屢見黎明的光亮，詩人每日可以在創作的喜悅中「喝斷山河，滿眼清涼」。甚至在常人不耐的困頓中，感受到「海，輕輕兮溢過來」。自覺有詩相伴，「天地待我不薄，在濃霧之中終於自自在在，找到了一個不容回身之地」。

紀小樣詩集《就是要開花》，結合詩人這六年120首詩作，是詩人詩藝大道越走越遠，不容回身的登峰之作，更是詩人以命護持的「宇宙的花」。

這朵花，是「一隻把哭聲，凝結在琥珀裡的蝴蝶」，是「有自己相應迦葉的一朵禪」；這朵花正「停在雲上，等雨逼近」；這朵花更期待有慧眼賞花者，採擷在自己的掌間，讓詩的絕美糊濕眼眸，一起在生命的大風處意念彎轉，也和詩人的愛與孤寂，一起遼闊。

目 次　■ contents

輯伍　離座

輯陸　星散（散文詩）

附錄

輯壹
年青

就是要開花 I

鋼冷的岩壁也有柔軟的心
我知道　疏疏朗朗的天空
即將俯下身來　等我開花

阿！是怎樣的因緣啊？
層塔叢聚　這一落落──
紫色的華胥，等你憐愛的目光
前來招親……

林乃光／油畫8P
疏花光風輪（左）、假繡綠菊（右）

猛虎玫瑰

幽暗已被羊毛剃盡

月光再也無法滲入

嚴冬的毛細孔

三尺半的雪意

一步一步退卻

葡萄藤在風中

向我的意念轉彎

春寒料峭的最冷處

太陽用金黃的條紋

熱辣辣地靠近——

我聽見滿園的芬芳

嘯出春天的吼聲

落葉詩句

靈感剛要被陽光烤熟
寒霜與雨露就冷降下來了
意與象　要如何
在虛空碰撞，方能
產生火花

風與雲說要在天空
自由造句　無所意旨
啊！今年落葉綁架的
秋天太多　害我不知
要在哪一片寫詩？

天地

黃腹琉璃鳥站在枝頭

告訴尺蠖——葉間之露

比針尖之蜜還甜……

雲霧蒸騰

靠近懸崖

山亭是香爐

人群便是香炷

而山神靜靜蹲在

翡翠樹蛙的背上

瞪著比旭日更大的

眼珠，仰視著

一隻透翅天蛾在飛

一幅大畫

我無暇理會

──你的「壁卡鎖」

我只知道

──我的　窗沒關

往天地憂慮的兩邊一推就是

微涼的山風吹來花香

比你眼睛還遼闊

全感官

5D

立體的

風景

尺幅千里

——3D水墨

以風的飄逸筆觸

以雨的壯闊淋漓

我瀲開胸壑裡的

千山萬水——

看夕陽鮮紅

努力爬過來

——落款

這張水墨

只有天地可以勉強

伸手來接……

一日

夕陽翻過你的鼻尖
就是黃昏；我躺著
看招潮蟹如何挾起
下午——你脫在沙灘上的
那一行腳印……

而我，還有更長的路要走
順著沙洲——那條河倒映的
星光指引，繼續上溯
去看
翻過你鼻尖的
黎明……

望月

太陽如眼

在天空　邀我眼睫散步

苦楝樹上　有鳥停歇

鳴聲不倦　還在天空翻飛

從黃昏走入了黑夜

記得那山路　有一個

轉彎　被心情錯過了

只有月亮帶著鄉愁

過來看我，甚至還帶著

李白熟悉的酒味

玉山

鳥的鳴聲飛得比鳥的翅膀還高
山風輕輕剝下我的一層體溫

旭日剛翮過來，一等
三角點就那麼袒腹告訴我
前方已經沒有等高線，也沒有
峯嶺可以繼續翻越了……

一朵閒雲靜靜地停佇我的心上
觀望時間在此設下陷阱
預備捕撈你的神話與皺紋

夜過燕子口

有光劈裂過來
──像鬼斧在絕崖
炫技，神也忍不住
過來讚嘆

是鋸齒狀的吻啊
有些脆度，你咬月亮
上緣一口──下緣彎度
剛好
用來懸掛
思念……

瀑布

雨下……如刪節號
都被高山湖泊的句點接收。

逗點，在找一個　缺口
　　讓水突破　向下

　　　　──再尋找一處　美麗的
　　　　　　　──段落……

如此盟誓

你把鞋聲埋在落葉裡

說要為我再走出一個天涯

這是憂鬱的熱帶

不在櫻花鉤吻鮭與綠蠵龜

洄游經過的路線

我也答應

等到雪融了

要流水那樣複沓把你的腳印

帶往無人可以抵達的海角⋯⋯

希望

啄破壟頭的烏雲

一群烏鴉暫歇桑樹之巔假寐

覷看陽光在水田的漣漪上

彈奏七弦琴──那樣閃銀碎金

鋤犁已經唱爛的泥濘田埂

農夫尚未放下的鞭子

還要在牛背上抽出

一曲音樂

洞徹

思想比雲還高
卻被星爪撲落

我知道
滿山的蟬都在窮叫
惟我靜靜　佇立那個岔口
等風出布　過來打開我
緊握的拳頭

就喜歡那樣走著
漫無目的地走著
把自己走成──
陪嵐霧打轉的山路

靈感

金秋凝結的一滴蜜
稻穗那樣懸垂——
松果體在意識的軟枝
向陽，而霧嵐以詩
再潤過你的神經

天地如花
在你指尖末梢轉旋
掌紋一撒便是
晴朗的光網

穿越雨聲
被雲朵盛讚
你是咖啡篩過的
一滴清醒

隨想九行

這世界有許多東西不需要說明
螢火蟲那樣亮著
就是不忍星星們失去一個
人間的參照系

我就像牛鈴那樣一路響著
是害怕嵐霧太深——
雷音寺的鐘聲一擦亮山壁
就不知道要在哪一個山谷
轉彎……

現代詩人

我習擅於霧的語言
詭譎如貓科動物的意象
霑血的腳印……輕輕
那些不馴的字　適合
遺落於荒野

以筆為杖
第一個抵達
不毛之地
在世界的絕頂落戶
以筆耕鋤
鏟收冰寒與大雪

胡楊

我不走了。
我要在這裡釘住,整座戈壁
總該有個繫馬的地方……

客棧在後,綠洲在古代;
風沙在前,絕望已死;
坎兒井與詩歌在遠方

我不走了。
我要學那隻孤獨的
蒼鷹,把天空
越托越高……

春

天黑了。雨停了。
歲月依然　濕氣過重
不理睬我未乾的眼睫
看千樹緋寒櫻　滿眼星滅

灰黯的枯枝　仍有一點
比香炷還小的火綠停歇
惟有剛爬過我心上的
那隻蚜蟲看見
還傻傻地滑跤──
囂嘯了一聲

農忙幻響曲

黎明亮出了

好大一把雞啼聲

光就在篩米的簸箕裡

滿溢了出來……

太陽灼熱的獨眼底

沒有人得以望見

莊稼們排排在刀鐮的陰影下

伸著懶腰

直到第一顆早熟的大麥

──「鐺地」在大地

生鏽的土鑼裡

敲了一聲響

荷塘童趣

陽光剛把一個亮亮的
大臉深深地埋進荷花池
那群帶著尾巴竄游的
蝌蚪們可樂了……
一隻掙脫尾巴綑綁的小青蛙
奮力跳上──日前到此夜遊
忘了回家的那片紅葉子

只見披著綠蛙皮的春天
虎蹲在紅葉的中央
嘓嘓地打著呵欠，而陽光
陽光要再把手深掘三吋才會看見
還有一個等雪融化的夢
在幽黯的土層裡靜靜翻身

風鈴

是那樣一個夜晚啊！
萬籟正在尋找自己的聲音

只有一顆把自己挖空的　心
羞澀　躲在風的盡處
時現時隱　要過來
卻又——
不敢過來　碰觸
我的寂靜

火柴

——滿身的硫磺味就等一場火的戰爭（Jimmy S‧Y）

星星傳下的火種

在外太空便已燃盡

普羅米修斯的一條小靈魂

最好能有一棵神木可以依附

在單薄的火柴棒上

努力凝結意象的詩人

陷在泥淖裡　　等待晾乾

浸泡過石蠟與松香——仍然

無法靠在一起取暖……

啊！輝煌　　從來不是火柴

可以長久蹉跎的姿態

書籍

是蝴蝶展翼

飛臨一座遺世的花園

是懸垂遮避風雨的屋頂

讓心靈自在安歇

是諾亞方舟

航過燭光搖晃的

河流──在風浪顛湧中

靜看　文字的異獸珍禽

在胸懷　秩序羅列

曾經
綠過

就是要開花ＩＩ

多麼孤高的美學派別啊！
在命運灰色堅硬的夾縫相遇
靜定看你兀自升起遺世的輝黃

爬到這麼寒冷的巖壁，不累嗎？
當佛對你伸出所指——
我就要在你的覆瓦上
敷上月光……

林乃光／油畫8P
玉山佛甲草

上帝

上帝在祂的殿前放風箏
　四周是哲學巨大的天梯
　　階梯底下，一層厚厚的
　　　曬乾的和平鴿的鴿糞；
　　　　著名軍事家的銅像排排
　　　　　努力地站成稱職衛兵的
　　　　　樣子。

風箏飛得很高、很高，但
終究會掉落在天堂的門外
　　（上帝覺得無聊，托著腮
　　　想到昨夜──朝拜的
　　　僧侶們齊步踩過凌亂的
　　　鴿糞，想要進入天堂，在入口處
　　　上帝故意安排讓他們欣賞
　　　御用天使們用舍利子打彈珠，以及
　　　堆疊著傾危的積木遊戲，祂就想
　　　發笑……）
當背叛的天使長挾持一千加侖的光向上帝
要求封邑時上帝最後爽快的說：「你去死吧！
我賞給你無邊界的地獄。」

剝落的鐘聲、祈禱文

天堂的高度與晚餐

——說到晚餐

上帝拿起滿地散落的

亞當的肋骨，剔牙

吃下過量的，發酵不完全的信仰

上帝想要放屁，怕被撒旦聽到，於是

上帝用力地昇華……

用力地昇華

昇華成

星

光

。

巨人

下過雨後，巨人高高地站著
眾人依然撐著雨傘，希望
他用彩虹當琴弦，彈奏
一首天空的歌

巨人面向光亮的太陽
看不見自己　投影
在泥濘土地上污穢的影子
不想讓人知道──他
患有嚴重的近視，巨人
極目望向遠方。戴著腳環的
和平鴿在天空演戲

在群眾散去的歷史廣場
巨人偷偷跪了下來，他發覺
底下的空氣比較不那麼稀薄
　　　　不那麼冰冷，並且
　　　　比較甜美……

遠處傳來第一聲雞啼
巨人又高高地站著。

裁判

暮落黃昏，疲憊的陽光軟軟地
趴在失去體溫的一萬個觀眾席上，
吵雜的野鴿子群在廣場中央忙碌
覓食，預言資本主義豐盛的和平。

我是被歷史完成的醒目的標竿
象徵偉大頹廢的銅像，至於我
為什麼總要把手指向遙遠的海的
遠方？（確實「莫宰羊」）

且不要推倒我積木般的真理
所有細心研究神話的人啊！我將
提供一個令汝等滿意的祕密的答案
所以洗耳傾聽吧！
　　昨夜，我看見一對不懂生命意義的
　　情侶躲在幽暗的公園椅後面努力地
　　創造宇宙繼起之生命。

我沒有騙你們嘛！
　　其實我只是深懂央雄與時勢的關係

且愛流連在高高的臺階上，看

歷史與時間

拔……河

礦工

只要挖出黑暗；
生活就有了黎明。
我們是不斷燃燒自己照亮別人
匍匐的　黑色的獸。
我敢說再沒有人比我們更了解
黑與白的對比；也沒有人比我們
更深切地體會，越靠近地心，竟然
溫度越冷……。

我們從不計較，探礦局許諾給我們的
幸福──永遠是十字鎬與圓鍬
　　　　　挖掘不出來的春天。
因為最高級的無煙煤
總是無端藏在最幽黯的地心
悠雅安靜地呼吸……。

努力向下　挖吧！
頭頂燈泡照不到的地方，隱約是
死亡的邊界，而淡雅的瓦斯氣味──

那裡曾經是生機盎然的沼澤⋯⋯。

同伴們　奮勇向最低層挺進吧！

只要輕輕觸摸到死神黑色的衣角

　　　　　孩子們就有牛奶喝。

雙贏

地球上，一場浩大的賭注
鮮血和白骨是最終的戰利品

英雄用冒險當賭資
梟雄為了勝利而詐賭

歷史上記載著，雙贏
永遠是一個考古考不破的謎
——那只不過是蓋在棺材裡的人
不小心呼出來的口號！

政客誑言

衝鋒槍像勃起的陽具

這比喻可一點都不新鮮；

新鮮的是　子彈

　　　亂竄像盲目的精子；

而和平是戰爭失寵的遺腹子。

權利的延續是政客永不疲軟的使命

以虛幻的國家之名，賴在

寡婦們搔癢的鼠蹊部，他們是

誘拐死亡最大的淫媒——

一再把我們民族的私處撐開

曝露充滿屍臭的潰爛子宮，爾後

擠弄出老鴇多皺的笑臉……

在歷史古典的放大鏡下——

卡在骷髏頭金色的假牙齒縫間

那塊已成化石的焦黑肉屑，多麼像是

我們久久企盼的

和平

閱兵大典

統帥睜著眼睛

睡著了，只有他的老花眼鏡

看見，在隊伍的最前頭

上校的指揮刀尖上，一滴

永遠不會乾涸的

和平鴿的

糞便……

軍人公墓

——將軍不死，只是逐漸失勢……。

起床號

在民國三十八年後就不再響起

只有冷風吹過──山的胯下

排列整齊的

戰爭的　腫瘤。

　　某日正午，將軍抱病前來巡視

　　他以前深愛的部屬；那些昂仰的墓碑

　　挺著大理石的胸膛，用它們陰刻的

　　名字，向將軍致最高的敬禮。

將軍拄著拐杖，登到最高處

眼中隱隱然含著淚……（雖然

　　這裡風景優美，但絕不會是他生命之中

　　　　最後的一個戰場。）

遊客的鞋聲吵雜，笑語喧囂，達達

像一遊覽車不夠莊重的霰彈。將軍

心裡暗想──什麼時候，考古學家方能驗證

土層裡顫慟的歷史，以及

墳下那枚生鏽的勳章？

戰爭詠譜曲

和平即將於一九九九年的
年底，親自拜訪塞爾維亞
三天。經過克里姆林宮外
的紅場時，面向波羅的海
作一場隆而重之的演講，
聽說還有他的情婦——
核子彈將全程貼身隨行；
屆時我們萬萬不可以錯過
肆無忌憚地去欣賞她傲人的
不輕易展示的
身段。

死亡無限公司

祂是一個人人無法抗拒的推銷員
總在你睡眠的時候，悄悄
從夢的門縫處遞入祂的名片。
祂推銷疾病瘟疫貧窮愛情與戰爭
汽車別墅鴿子玫瑰與細菌
暴力權利罌粟撲克牌與資訊⋯⋯

你當然有選擇的自由——
零存整付；或者分期付款。

死亡攝影

焦距特別清楚，但
總是曝光不足
——死亡是幽黯的；
光圈必須刻意放大
而閃光燈只會讓血更紅
無助於顯現生命串連的過程……

（檢查官是國家豢養的忠心獵犬
　而國家又是死神身上的一件
　黑色大披風。人民的腦袋
　只有聊聊的幾顆比子彈值錢。）

為情為仇為財為利益瓜分之不均
每一樣罪證都有不在場證明，都適合
自由心證……。所以
死亡絕對是最需要技術的攝影；
在暗房裡，長官要我們自由地
格放　死亡的原因

晦澀年代

果樹長得很高大
我們因為期望而辛苦地
攀上它——卻發現
濃蔭的枝葉處
牢牢　抓住一個鳥巢。
　　　那是承接上天雨露的
　　　一個永不饜足的飯碗……

不能讓眼尖的砲彈射下孵育的母鳥
不能讓暴雨在溫暖的蛋殼敲出禁忌的旋律
但　戰爭是極其晦澀的事
我們只好用落葉　掩蓋
　　　　粗心的　覆巢。

沒有政治目的，果樹仍然有
結果子的必要，瘦小而盡量地
甜美，只讓習於苦澀的舌頭
知道……。

御史遺書

我就是那種喜歡用傷痕唱歌的人。

流星殞落的夜晚

我放下不停顫抖的

如椽大筆;人性的

十字鎬;死亡的鐵鏟

在記憶最深的礦層

血淋淋地挖起一具

一具又一具

又濕又黑又冷的

悲哀……

(偌大的世界,只要還有一個人相信我)

對於事實與真相之間的距離

我感到一股無法言喻的猥瑣與茫然

罷了!卸下那誘人的錦衣玉袍岌岌的烏紗帽

曇花盛開的夜晚,我擎起

沾濡著鮮血的大楷,毅然寫下

——有一天我也會死去,血淚會流乾

肉身會糜爛，我堅挺的一身傲骨

將礦化，千百年後成為被放逐的

歷史學家；取暖的炭……。

蛆的祖先

我們不是天使，努力鼓動孱弱的翅膀
來，跟我們來，快跟我們來，來到黑色的天堂
飛過北回歸線，飛過太平洋
飛過瘟疫的雨林：飛過七月的赤道

我們不是天使，努力鼓動孱弱的翅膀
飛過地球光禿的頭顱；深陷的眼眶
俯視而下，在地圖上非洲像顆飢瘦的骷顱頭
因為石油比血液還貴；衣索比亞的政府延遲運糧

我們不是天使，努力鼓動孱弱的翅膀
大白天的時候，太陽瞪大眼睛逼視
食屍鳥在他們不知節制的子宮裡築巢
並且公然挑破了他們黑色的受精卵
我們不是天使，努力鼓動孱弱的翅膀
上帝默認，人形骷顱頭是最好的容器
裡面　流動著貧瘠但營養豐富的腦漿。

我們不是天使，摩拳擦掌，慢慢地靠近
我們不是天使，慢慢地靠近他們潰爛的皮膚廣場

我們不是天使，幫他們推倒廣場上的銅像

我們不是天使，看著他們失焦的眼神裡閃著可憐的

陽光；複眼底下一再地顯影著慈悲的慾望

我們不是天使，喝著他們的腦漿

我們不是天使，努力鼓動孱弱的翅膀

我們不是天使……不是天使……

盲點・比目魚

不要站在左邊；
阻擋我覓食的方向
　　　我是瞎了右眼的比目魚
　　　貼在軟軟搖盪的海床。

貼在沒有國界的海床，像
一座扁平的島嶼，堅持我們
扁平的信仰。我們不怕
太平洋底下湧動的黑潮
沙漠仙人掌上的核子試爆
上帝在祂的導演椅上翻了一個身
罵出喋喋不休的地震，在海的
劇場裡，我們只管把戲演好
並且偷偷地竊笑——落幕以前
一雙驚惶竄過珊瑚礁的
只有一顆眼睛的
天使魚。

蜘蛛

像一個孱弱的社會

虛張著牠的聲勢。

是的,我們確實很難了解

——那八隻纖弱的腳

如何承載一個小小的腦袋以及

　　　　　沈重的身體。

烏鴉的早晨

極其無聊的

禮拜天的早晨

福音鐘聲倏然響起

嚇走了膽小的和平鴿；

一隻失眠的　黑眼眶的昏鴉

停了下來，看見遺留在

十字架右手臂上的

鴿糞⋯⋯，而烏鴉真的

太累了；牠不太情願地

停在十字架的左手臂上

打了一個小盹兒；夢中

生鏽的釘子們老氣橫秋

手舞足蹈，口沫飛濺

努力辯論著──

無從考證的

耶穌的

血型。

烏鴉存在的玄學

很久；
很久沒有下雨了。
炊煙快樂地隨著沒有邏輯的
旋風　扭曲，北半球的天空是
一枚虛懸的眼眶。而
烏鴉的笑聲，飛過我們
重聽的聽覺。記憶裡
牠是一滴被歷史潑濺而出的
墨色，慢慢地醞釀
渲染……，渲染……
渲染成黑色的瞳孔。

站在烏鴉的翅膀上
我們清楚地看見
這個世界……。

啄木鳥的政治哲學

啄木鳥叮叮咚咚
敲擊著森林之門

結黨的蠹蟲　蛀透了
權利的核心，只管
吃得渾圓；滅國的
爪喙之下，仍不了解
樹木的心事

啄木鳥咚咚叮叮
敲擊著骷顱頭　空洞的眼睛

年輪裡的歌聲
總是向上　傳唱
不敢傷害　樵夫
貧窮的自尊

火的意義

（樹在火中跳舞

　蒼老的年輪裡

　旋出前一個世紀的

　風聲和雨聲

　蟬聲和鳥聲

　在灰爐裡，有人

　想把雲掛在

　樹枝上……。）

親愛的母親，不要悲傷，兒子

終於知道火的意義。所以

很想再吃一次您煮的菜。但

我們很忙，忙著為子彈們找出路。所以

這可能是最後一封家書。

（附記：

　若是如此，請在我們鐵青的額頭上

　刻下墓誌銘——森林，因為野火

　而存在。）將軍說：男孩子，不流淚

親愛的父親，您也一樣……。

（屍體也在火中跳舞

　幼稚的靈魂裡擠出

　四分之一個世紀的

　希望與鮮血

　脂肪與榮耀

　在灰爐裡，上帝

　極力想把愛

　撒在……

　骨灰上。）

意在言外

更年期之後的母親

望著別人孩子的臍帶

意淫。窮途的詩人

在末路的陰唇上，寫

真誠的詩，勃起的

鋼筆　射出了

藍色的精子⋯⋯

——久不思考的詩評家

懷孕了。

沒有隱喻

喜歡畫魚的那人
並不會用鰓呼吸
游泳倒是還會一些
狗爬式的；強力後腿
踢翻了滿池的水草。
隨時隨地都可以
不太安心地爬上岸來
用各種不合邏輯的
姿勢。有人在暗夜裡
看見他在游泳池裡
偷偷練習游泳；據說他
中途換氣是彎行的
就是學不來
自由式。

時間的憂思

不遠處是我記憶傷心的斷層。

我坐在年齡聳立起來的懸崖向下望

——歲月，那個無情的牧羊人

在我頭顱頂上放牧著雪白的羊群；

牠們恣意交媾，秩序凌亂，繁殖力旺盛

每夜啃食我用貧乏的腦漿培育出來的牧草……。

而獨自數著那些無盡的綿羊教我更加地失眠

——沒有人知道，我的煩惱

在這即將光禿的地球核心深處，醞釀著

一顆與日俱增的，時間的惡性腫瘤。

哲學

建築學家說

建築不一定要讓眼睛看到

所有在場的眼睛聽見了

紛紛鼓掌……。建築學家又說

我的兒孫們做得更好

——積木最終的命運

　　　就是　推倒。此時

四野最好無聲，讓自以為然的

耳朵，可以聽到……。

徒勞之詩

狼煙在空中書寫歷史
扭曲是自然的。因為風
因為翅膀的搧動，在這裡
禿鷹比鴿子還忙……；

史官在白骨上刻劃歷史
保留是必定的。因為君王
因為印刷術的不發達，在這裡
謊言比文字還忙……；

眼淚在記憶裡複習歷史
苦痛是一定的。因為死亡
因為站在敵對天平的兩端，在這裡
子彈比蛆蟲還忙……；

歷史畢竟太忙
無法稍停腳步仔細閱讀
——這首再三排比的短詩
　　必屬徒勞……。

無題短章

（一）

我們開始懷疑古老的
歷史的假牙，因為
廣場上的銅像　噤口不語。
子彈在虛空中轉個彎
驚嚇而起的鴿群羽翼上
閃動著我們企盼很久的
和平。

（二）

把綠葉擠落枝幹
三五成群的梅花
在冬之深林，議論
紛紛想要躍昇為
天上的一顆　星。

（三）

短跑世界記錄保持人，L

登臺領獎的時候，顯得

有點不太高興

──他不能告訴裁判──

他老是看見　　時間

時間一直跑在他的前面；

因為他手裡正抖顫地捧著

十兩的　金牌。

腳步

爺爺的腳步
比我快，他一直走
一直走，丟掉了拐杖，一直走
我快看不到他了⋯⋯。

我大聲地喊：
爺爺！您走錯方向了。
他還是不理我，一直走
一直走，一直走；
我拾起了他的拐杖──
呆呆地站在二十世紀的
十字路口，看見
爺爺無悔快速地
走向
福爾摩沙的
五〇年代⋯⋯

迴音

他們說「一」……
　　我們不敢說「二」
他們說「現在」
　　我們無法說「明天」

我們是忠實的
　　　　無法自主的迴音
　　　　緊跟著他們的笑聲──
在山谷與山谷之間
麥克風與麥克風之間，努力地
譏笑著他們的愚行……

他們不知道，天真的
謊言，怎樣在空氣之中
　　　　波動、進行──

他們只知道喧傳　宣傳　喧傳
像可笑的希特勒瘋狂的信徒
　　　　　聽不見自己心臟深處

噗通！噗通！噗通地跳著

欲望的雜音……

我們只是不由自主地，一再譏笑他們

　　　　　　　　偉岸的愚行。

放學後

雨後，烏鴉停在旗竿上
向小學童手中的石子　挑釁
降旗典禮剛過——
教室感到很虛無，因為
值日生擦掉了老師的叮嚀⋯⋯。

籃球場上流滿了潮濕的
投不進的笑聲——籃外空心，有人大喊
校長開窗探看；拿著鋼筆的左手
沈重地揹在後面。而關了燈的
校長辦公室，一副疲憊的老花眼鏡
正無力地監視著，卷宗底下
一個待批的大過⋯⋯

——掃完了操場上的積水，工友無意中
在垃圾堆裡發現——一本撕得亂七八糟的
歷史課本。　　夜深了
住在學校宿舍裡的工友關起大門
只留了一個小小的側門，而這一切
只有那隻不怕黑的　停在旗竿上的烏鴉
　　　　　看見⋯⋯。

博愛座

請坐

大的屁股　小的屁股

軟的屁股　硬的屁股

冷的屁股疊著熱的屁股

請坐

褲的屁股　裙的屁股

男的屁股　女的屁股

變態的屁股疊著羞澀的屁股

請坐

上過廁所與即將上廁所的屁股

屁股與屁股不能對話

　　　　　　　只能陌生地交集

孕婦的屁股　　請坐

骨質流失的屁股　　請坐

殘障的屁股　　請坐

所有同乘一車的　可憐的

屁股──請坐　請坐　請坐

　　當然還有驕傲的　屁股

努力背著PHILANTHROPY的英文單字

揹著沈重知識的年輕人啊！請坐

拄著顫抖的杖；毅然站了起來

———一樣是要搭到生命的終點站

我比你們

先下車。

果汁機

吃葡萄不吐葡萄皮。

焚屍爐是

一臺高效率的果汁機；

丟入熟爛的果子

加入眼淚的攪拌──

榨出來血肉模糊的記憶

而沉澱下來的　都是焦黑的

無法消化的靈魂的渣滓……

經驗過地心引力的蘋果告訴我

在死神的骨灰罈子裡，輕輕一搖

便可以聽見　風聲

雨聲與年輪喊痛的聲音……

是的，如果可以

我願是一顆遲遲不肯離枝的苦梨

不然，讓我成為果汁機的

一顆按鍵，或是一顆最小的螺絲。

碗之斷想

1.

奶瓶長大了，便成
碗

2.

不是死亡——
我們三餐必須與之親吻的對象
　　　　　——就是碗。

3.

虛胖而務實
存在與虛無最佳的式範
今天裝水的碗是昨夜盛飯的碗
——我的飢渴剛好與之相反——
那是一個向下凹陷的　等待
　　　　　　　　　　　填滿的空間
是幸福的過渡與最真實的
慾望。

4.

米飯、糕點與菜湯

最完美的容器；碗

（獨裁的君主啊！）

吃飽的時候，我無法不想起

卑賤的靈魂，以及

我的身體⋯⋯

5.

米飯沾著腥臭的唾液

——順著食道，一路滑向

天堂。

6.

荒年。我在田埂上

撿到一隻被農夫的眼淚擠破的

碗；它的碎片告訴我——它曾是

一隻可以清楚記得有多少米飯滾過它的身體的

，碗。

7.

我害怕妻子兒女看著我的眼光；

空空的碗禁不起飢渴的筷子的　試探……

年華

就是要開花 III

裹著霧的身姿
匍匐在地的松針，就這樣凝定
更這樣輕輕搖曳——
切割輕煙與光影……

整個天地啊　埋伏著一季春天
以一種飽滿餵養虛靜
屏息等你伸出晴綠
澡雪精神

林乃光／油畫8P

一種滌盪

一百零八響的鐘聲
滿頭大旱　把遠山
向霧推近了零點一公分

一群昏鴉忘記了悲鳴　只顧著流淚
而棲息在同一根枝幹的
高砂熊蟬　拍翅而起
把蟬蛻留給了時間

如果此時　山嵐有人振衣
吹過簷間蛛網的
一縷金風也無心證明
——惟有翅膀
才能穿透鐘聲……

江湖

掀開鍋蓋；就是江湖⋯⋯
我是說──掀得開的鍋蓋。
至少證明自己還像一把刀
不是鼎鑊裡的魚。

就這樣勉為烹煮
有時缺鱗斷鰭也是一種
自在──凡存在皆合理⋯⋯
要讀主義就要知道他的精髓
而證謬更是一種理智

像愛迪牛找到了鎢絲
（當然比較不像當阿公的你
孫子在冰箱的夾層裡找到了渴──
爾　必思⋯⋯）剛果當然也有他的巫師
可惜斷交像燈泡不亮　這不能怪
愛迪生堅持直流電──刻意埋沒了
「特拉斯」⋯⋯

媽祖那樣無邊神力　澄清了

濁水溪……更把改道的黃河

扭成了紐成澤──（抱歉！有錯……）

扭成了「大安溪」……才對！

（王牌律師：即請法院更正。）

有力人士同意：鎮住波濤可以。

惟先匯──聖多美普林西比轉交

兩億一千萬噸的消波塊

馬紹爾群島收到國務院

再回你消息……

江湖 Ⅱ

魚——

那樣游著、游著……

會不會也變成一把刀？

如果他也發現了某些縫隙

那是一個池塘　轉身

變為江湖的故事

有鰭有蹼

才有江湖

也必須游泳

——蝴蝶不會比青蛙自由

當然有淚……有血……

更有翅膀　要不然

誰當我的鯤鵬？

肩帶——牽出美女

像潮間帶——牽出海鮮

有九孔、鮑魚（養殖類的）

堤岸不必太高

她們很難爬出腦海

都說貝殼是一種酒器

那是一般的大哥　周潤發

都演英雄　我是小弟我知道

瘴癘的雨林　佈滿

缺氧的愛情

再陷江湖
　　──〈絕情谷篇〉

江湖無岸

玉女要如何素心？

才能抵擋

凌厲的陰陽倒亂！

古墓稀微　　畢竟

掌門三代；徒留金庸

尚在挖掘　　適合釀酒的坑道

乃至情花斷腸　　千尺百丈；丈夫

小三　　鐵掌也可用來撩妹

撥弄個大江大海

看倌們當知：楊過的

少年時代並不精采，後來

姑姑比寒玉床還冷，而全真教

也有豔照門──那時　　江湖

很亂　　大俠很多；他們貌似

吃素的，殊不知絕情谷

已被公孫止改造，而蜜蜂成群

霸佔在情花的雌蕊上……

有人說　不知道什麼是意義

只知道義氣；為了江湖——

我更不會把郭芙誤認為泡芙

或神話為我們國父；斷臂之後

（更能擺脫神尼與神女的糾纏……）

親愛的姑姑：我刻正日夜埋頭研發

怎樣的輕功才能擎得起　玄鐵重劍？

因為思念太長，我也曾到

斷腸崖上——尋短。當然

我也有自己的黯然銷魂掌

但怕引發另一波動亂

偷偷地把絕情谷的

地氣，藏了起來……

砍樹記

我把自己的年輪燒成灰
再用毛筆蘸灰
——畫一棵樹

有人站在樹下
欣賞我所畫的某根枝幹
轉頭跟我說那是很好的
一根斧柄，當我還想落筆
畫一陣鳥聲，不巧他又說
我畫的那片葉子啊
幅度真像一把弓

我擲筆，伸手抓下弦月
把畫割掉，坐在一方
被自己畫爛了的石頭上
聽他朗朗的笑
就是耿耿於懷的
電鋸聲……

月光逸向

　　——給愛月光的女子CS

壁虎爬在牆上是月光

野貓遊走殘寺是月光

翻過簷下的竊賊是月光

曇花開出來的也是月光

她是月光下

李白失神

游走靈霄的

一條濕魂

那樣水透琉璃

眉睫上涼涼地

——掛著……

月光沖下

思念的

　　　三

角　　洲

愛與孤寂
開始遼闊

火的指事

陶土在炙熱中逼出

流在自己隱形血管裡的水分

雷霆不辭越域奔赴

就是為了還我耳膜千里的寂靜

為了在先祖的肩胛刺青

──火

從井田喊來過多的灰燼

夜更不便過來傾吐

給我們黎明

是啊！教人難以會意它的轉注

雨在心中假借水部的變形

而水在左岸堅持象形

又推湧向右岸

勾搭形聲

孤獨

1.

我唾棄多數
也不是少數或質數

2.

我宣布永世
將與孤獨為敵

若不與之為敵
我將孤獨地死去

3.

儘管天地之間
只我存在　還是要一再公布
那些被我提拔的封疆大吏
以及被我唾棄的
放逐者名單

來個頓悟

那不比包餛飩來得簡單
像月光爬到我顱頂的戒疤上
搔癢，滿庭亮膛膛的佛法
滿階活跳跳的虱蚤與天王

來掛個單，三門已入更要戒牒與
名號。唉！韋馱持杵──驅之入魔
難道王維神會　誑語陸羽皎然……
長到天地不容　依然不能倚老

坐在空庭　貧道頓悟
雲遊要腳，而皮繭水泡
確實不像雲飄……況楞伽
華嚴──經書素好，卻
不如折角

紫駝銀鱗──何處停箸
長安水畔　麗人掩鼻嫌惡癩人
火宅三界──無心能安

喝斷　山河

知客不知

佛來——在這盛夏

滿眼清涼⋯⋯

我開拓音聲的領地

隱約有歌——在犬吠鹿呦鶴唳虎嘯

與鳥囀鶯啼雞鳴馬嘶風叱雲吒之外

盈耳是陌生的聲響⋯⋯

髣髴有光——從三千丈的淵喉深處

伸出巨靈之掌　鏗鏘金鐵　將秋聲

堆疊——排比　成壯麗的大賦　或

渺渺難聞四壁游走的蟲唧悲嘆⋯⋯

我開拓音聲的領地

在貝多芬的指節與梵谷的左耳

無法觸及的時空——

在毫無人跡的地方

在大風起處

大說人聲

啊——！

我開拓音聲的領地

直到——唇舌疲軟　耳葉虛張

繞過沒有任何語詞可以準確指涉的地方

我才敢　放聲大哭……

從眼淚裡飆出一條

浮不起自己的

河……匍匐向──

詩的大海

寂靜十四行

寂靜，向來不是世界

可以長久忍耐的品質

像停在雲上

等雨逼近的兩根鼓槌

雷音寺鐘聲響起的前一刻

那麼難以預期或無知

我們還在爭辯它的永恆

夕日無聲敲響血紅的海面

宇宙之樹又枯萎了一些落葉

落葉——如耳飄墜

當松脂如淚落下而寂靜

寂靜不過一隻

把哭聲凝結在

琥珀裡的蝴蝶

空姐

空姐　空姐
你是白色的雲
太陽的勳章掛在你
玲瓏的胸前
藍色是制服，你的
喉嚨裡藏著各國的雷霆

空姐　空姐
音爆被溫柔阻塞
引擎不能無力
那是轟炸天空的雷

天空　　空空的
為沒有翅膀的人
預留了一個位置
卻老是有些沒有樓梯可上的
登徒子，背對你掀起天空的裙角
傾斜的機翼也遮不住
晚霞的光，害你
氣成一片

瘦瘦的

雲

空姐　空姐

沒有人可以在平流層

為你寫遠離地心引力的詩

我卻知道有一場雨或雪

在你的體內醞釀……

把所有尊貴的乘客

用想像力，推下天空吧

我也騰空了自己，等你

推下去，到我乾旱的

沙漠，下場一觸即

蒸發的小雨……

唐吉訶德再穿越

邏輯上的風車遇到一個分不清
東西南北的騎士；顯然也沒有什麼不好。
不用木本的大槌或草本的蘿蔔——
信任胯下那病瘦的老馬，自然會
走出一條解渴的水路與
花草丰美的情節⋯⋯

我也曾迷路。PUB裡面的調酒喝多了
就是口水⋯⋯譬如：他們要到臺灣海峽與
濁水溪口釣魚，也確實分配給了人群
魚餌⋯⋯「那魚竿呢？」有人大喊「X的！
不會抽下你自己身上的脊骨！」

也確實看過正義，他們在市中心趕建
沒有地基的高樓——更內置一顆
世界最貴的阻尼器。我相信
人類滅絕以後還可以
防止地球傾斜

（馬背上蹎蹶溢出的意象
沿路灑下新詩的疆界……）

生命來到了此地，不必再為
豬狗牛羊或狼狽……諸如此類的
繼續突圍。我願意把兵器交給
鐵鏽；勇氣交付山水，走到
風的缺口處——在斷裂的天涯
漏水的海角，蓋一座小小茅屋

在自己的不關心農場築築不攔蝴蝶的圍籬
種種高麗菜、鳳梨、萵苣與朝鮮薊
風頭水尾隨意逛逛走走　農閒
看日昇落、望月圓缺……蓋著
星光螢火　陪一個女人的美德
與自己的酒瓶入睡。

輯肆

花開

就是要開花 IV

腳跟立在向陽處就不再起身

有風翻越大山　從坡崁迫來

合歡的孔竅便張開膚髮共鳴

為了鍛鍊一生披針鐵線的瘦骨

不理睬崩壁──就這樣潑灑下來了

就是孤寒高冷　才可以看見

團團好雪

在這裡交頸

林乃光／油畫8P
玉山抱莖籟

海，輕輕兮溢過來

———迓媽祖

馬頭鑼拍破天色

草鞋踏響三月

滄海帶領桑田

風平帶領浪靜

鼓吹帶領陣頭

牲禮帶領金紙

平安符帶領爐丹

共祢兮慈愛喝到天頂

阮褪赤跤虔誠跟綴祢

跟隨鑾轎、香燈跤、涼傘、花鼓

一跪一拜，踏過田岸、行過雨水

向南———潦過大安、大甲、大肚……

千千萬萬條兮溪水；陪祢

佇濁水溪兮出海口

停鑾駐駕　遠遠兮看海

海，輕輕兮溢過來，佇祢兮目睭內

海洋無邊兮曠闊，雖然有風湧

有祢兮帶領；阮就毋是離水兮魚
有法度佇人間來喘氣

是啊！世界遐爾
曠闊，雖然有烏雲
有祢來tshuā路；就算是沒翅兮鳥
嘛會順風飛過千萬里

祢是阮百姓兮保護神
將偎煙海而來　帶回
比水沉、檀木閣較光亮兮香火

不管風湧對叼位來？
汝是信仰兮燈塔
佇人世兮暗暝發出
溫暖兮光

祢把風攬入去溫暖兮胸坎
予海湧無法度閣再掀反
任何一條船

汝是信仰兮圓月
照現珊瑚礁岩下跤
滾絞兮暗潮

海，輕輕兮溢過來
伊毋是祢兮目睭，是祢
慈悲提煉風沙兮
珠淚

深山林內

──歇睏埤亞南番社

雲霧若欲出草　山敢有法度留頭？

佇羅葉尾溪洄水兮櫻花鉤吻鮭敢知影

到底有偌濟　「死」　藏置兮深山林內

嘛無人算過有偌濟送批兮粉鳥予砲彈拍落去

臺灣海峽，閣有偌濟薄皮仔[1]佮厚殼仔[2]　倒齊齊

流落──開腸破肚兮太平山

沿著拋荒生銹兮鐵索溜下去Doba[3]

悠講遮　較早攏是Hinoki兮芳味

這馬干焦鼻到　雞屎味兮菜園

一欉一欉兮高麗菜若親像等待出草兮頭殼

聽講日本人捌佇遮抽Atayal Mnibú[4]人兮尻脊起神社

原住民講：較早嘛有「白浪[5]」來過，但無確定

---

[1]　薄皮仔：即紅檜（Benihi），因樹皮較薄，俗稱「薄皮仔」。

[2]　厚殼仔：臺灣扁柏（Hinoki），樹皮較厚，俗稱「厚殼仔」。

[3]　Doba：「土場，Doba」日語林業用語，意即木材聚集地或卸放場地。「土場」，往昔日據時代為太平山出入門戶、木材轉運站，也是平地森林火車的起點，現在已由原來的車站改成太平山國家森林遊樂區售票站。

[4]　Mnibú：泰雅（Atayal）族溪頭群，以兇悍著稱。

[5]　白浪：原住民以前稱漢人「白浪」，發音即是河洛話的「歹人」。

鹿野忠雄[6]是毋是捌來到遮？無偌久進前嘛有

鹿仔佮熊……野生性命留落來兮跤爪影跡

佇樫木平遮　雲佮風是上蓋孤獨兮老師

意外發現一間小學　毋過已經八十偌年

無人來讀冊囉！阮佇想　若欲蹛遮生活

阮毋相信啥人有時間用樹枝去紡織雲

嘛毋知膨鼠佇樹仔尾頂走從有啥物趣味

雲豹已經足久毋捌喝出雷聲

我干焦紮歷史佮翕相機來遮露營

看日頭勻勻仔落向大霸尖山，我知影無人有

遐爾長兮耳空去聽濁水溪兮哭聲……；但嘛無意外

有聽到百偌年前兮山砲聲　挵入去我兮胸坎

我嘛知影中央山脈兮尻脊有骨刺疼痛

天暗啦！世界恬靜落來兮時　著會聽到

太平洋喘喟兮聲……誠暗啊！睏袂落去兮

6　鹿野忠雄：日據後期，研究臺灣之著名的博物學家，研究廣博，有關
　　臺灣原住民、地理、地質、地形、昆蟲、植物……貢獻卓著。

宇宙　佇我兮胸坎反身滾絞　若親像遠遠遠遠兮所在

猶有粗殘兮炸彈　盤過幾偌粒三千公尺兮懸山

──騫入來阮兮腦海

過阿塱壹

陸過　海過　風過……

一條路像拉鏈　山與海的鏈齒

拉開又縫合　斯卡羅族的傷痕

腳印很難馴服左腳的山、右腳的海

但有一顆很累很累的南田石

剛好坐在我們的盟誓上

阿塱壹　怎麼踩踏都荒涼

棄置路旁的藍白拖　有些不淨與不敬

這裡有關不掉的風聲　讓太平洋環評

並且滔滔不絕的傳說　雲豹跨越不同的故事

黑潮來了又走　摸過黑鮪魚堅實的肚腹

像拒付民宿費用的房客　有一些寶特瓶

擱淺　一些海龜則記得塔瓦溪邊

瓊崖海棠與穗花棋盤腳獨特的氣味

是的！綠蠵龜比我們更知道

有一些山坳，月光無法抵達

有一些雷霆與閃電住在漂流木的年輪

有獼猴的警覺與山羌的敏捷

有霧的水氣與鹽的呼吸　從琅嶠到卑南

蜿蜿蜒蜒遶過　兩百公里的山歌

把海洋吼成一首詩

阿塱壹，今日曡

山壁崩塌像天空留不住的一片雲

遠方的熱帶性氣旋更想衝過來

扶住跌落山崖的一個腳印

斜斜看過來　夕陽瞪大著燦爛的眼睛

看海蝕礁岩為浪濤塑像　看我們

用照像機的捕快　捉拿

福爾摩沙東南海岸的風景與陰晴

阿里山途

——以臺十八線為畫筆

經過北回歸線

就繞到了你的鬢角

可以預見　無數顆星星

將會水上那樣——降落在你的眉睫

譬如多年以前　我還在臥讀南華

你就亮出了鋒面　讓梅山有雨

草上飛來　潤濕竹崎的筍尖

——八掌溪也順勢往下

向蘭潭　撒開掌紋與草原……

哇！一個髮夾彎正要繞過你的耳垂

穿過野薑花陣就迷路的螢火蟲止不住

驚呼——油門……？還是煞車？在後視鏡裡

看見你　拎著布袋與高跟鞋——將一道陡坡打折

但放心　我隱約知道：還有風景被蠻荒佔領

只有嵐霧可以撞見……。山林在遠方

抽拔自己的象形；我們也繼續曲褶江河的形聲

雖然翻過此條山路　牛鈴就失去了交響

也沒有高砂犬的吠聲再高亢我們的海拔

但確實應該還有　更高的海拔　山水那樣

蜿蜿蜒蜒——畫著你的眉眼……。隙頂

到龍頭坪；嵐霧還在參考眉睫的座標

石棹到十字村更有一個站牌等待命名

煞車……？抑或前進？　有些失據

我們只是暫停——讓嵐霧先行……

春天應該容許一些朦朧

但沒有朦朧可以道盡——我們的旅程

我的年輪還在等待　等你閃電

過來截角——保證過此山坳

還有炊煙……

南投・五石散

【開闢鴻荒碣】

一條河可以攔截多少歷史

如果沒有碑碣　在此擋路

這裡族群　曾經相觸

偶有月暈張掛牛角而柔和

獅頭、象鼻——山石各自有國

溪水清濁⋯⋯更有自己的聲腔

這裡水流集集急急，八月抵臺

蟬聲集集唧唧⋯⋯要我們平實交出

扞格的聽覺與視覺。站在石上

平遠望去——軍勇與陶瓷已然星散

山風掃過暮秋最後一片落葉

從林杞埔到璞石閣，聽說曾有

「光亮」從南方上來

每一蒼勁筆畫——都有

血⋯⋯的吶喊

【化及蠻貊碣】

我們走後，左後方的鐵柵

仍嚴實地關著，而青背山雀的

鳴聲，飛出了欄外──「集集舊

急急救……」叫得多麼貼切

流汗而來的鐵輪有些懷疑

一顆不會滾動的石饅頭

要如何「化及蠻貊」？

青苔與野蕨尚未馴化

那麼撒野地在你頭頂霸著

眼看四周的檳榔樹都長得

比你還高；特有生物保育中心

正考慮列管　高砂犬洶湧的吠聲

穿過冰冷的晨光──警告我們

最不可欺者：旅人的腳印與鳥屎……

【萬年亨衢碣】

一片嵐霧　逆向巡山而來

不怎麼乾脆地　探頭探腦

探問　鳳凰要如何張翅

才不會被行書框住

又要再爬過多少級石階

才能趕赴「萬年亨衢」？

今晨剛好有鹿

翻過實驗林區清水溝營

挖筍的農婦栽下斗笠　笑而不答

逕自搧起了風來　嵐霧便知趣地

跨過龐碩的石背。啊！就要鬧熱起來了

勒石刻下的蟬聲……穿過一片竹林

三片姑婆芋　以及六十幾秒八十多分貝的

蛙鳴撞到了萬年亨衢　再過去就是

──百里炊煙……

【山通大海碣】

沈葆禎與吳光亮都知道

所有的一切　都要——

從一朵未開的牡丹談起：譬如

棧道、營盤、溝壑、木圍、陶瓷

蘆葦、箭竹、崩壁、瀑布、斷崖

所有的繁複、破碎與流失

都有人文與自然的行止……

隨順天地倫理——山，便要邁開腳步通向大海

過化存神……不必在意形而下的石體

山脈正挺起如玉的脊骨；四方流布

不屈的骨血……海　在遠方讚嘆

山水自在於福爾摩沙潛行

摺疊自己獨特的皺紋

【地理中心碑】

攤開潔白的書頁　水秀山清

圜展如蝶　欲飛的山城

有風吹過　虎虎有聲

向東劃過埔霧公路——

讓詩句繼續延伸

山水用嵐霧輕輕接住

更有一方巨石矗立

等待銘刻

在寬尾鳳蝶的複眼

描繪中心

尋找銀河冰果室

銀河冰果室那麼大方
佔據街口最亮的一角
呼嚕呼嚕嚕的滾水與喉音
發出麵茶芳香的味道

織女流盼著潺潺的眸光
溢出了銀河冰果室……
一定有人為愛情與夏天布局
把哥哥的牛脾氣──
牽來這裡冰涼

比彈珠汽水更受歡迎啊
我們就是想學──未來嫂子
那嬌聲嗲氣的聲音：「你是
我的──八寶冰……」

銀河冰果室，熱情無邊
害囫圇吞錢的小豬公忍不住減肥
你的眼睛貪吃 ice cream
牛奶一大杯、木瓜四五塊

珍珠圓滾滾……唰唰唰唰唰地

剉冰機旋轉　雪花灑涼的記憶

五十年的老看板──「銀河冰果室」

被歲月磨糊又被星光磨亮了……

離鄉外出──卅幾年　就算

外星人也會有鄉愁

翻過半個地球再五個鄉鎮──

開車八十條街、三十來個紅綠燈

外加五座加油站　口碑依然滾燙……

啊！雪花灑涼的記憶

新銀河冰果室──不拒絕舊移民

銀色的大湯匙在口齒唇舌之間飛翔

猛回頭　童年與青春還坐在那裡

眨眼對我們微笑……

＊＊＊＊＊＊

【附記】

以為煙雲消散，近一甲子老店「銀河冰果室」，多少老彰化人的記憶啊！原址位於彰化民族路上，無意中聽聞懷念的古早味，重新傳承，新址位在彰安國中附近中正路旁的小巷子！懷念古早味（或者想嚐新）的饕客，可以驅車以赴，聊解唇齒的鄉愁。

不得不的生活

——給那些我們無心錯過的父親。

掏出那枚眼熟的印章

他才知道又跑錯了郵局

拐杖慢慢扶著他的傲骨

回家，也就慢慢釋然了。

尤其日曆紙的背面蓋出來的是

老妻的名字——那麼紅泥清晰

而隸書四字的筆畫依然轉折有節

沒有什麼力氣抗拒自己的軟爛了

年輕時最愛的雞胗齟齬他的牙齒

也越來越愛跟花椰菜與高麗菜鬧脾氣

倒是橄欖油還有一些熱情——

從地中海不遠千里過來

涼拌他的唇舌

洗好的碗盤在流理臺瀝水

箸頭的紅漆有些剝落

不用特別檢測即知箸籠日漸疏朗

堪比自己的骨質，而嶙峋又帶著刮痕的

竹筷比那兩個人人稱羨的兒子

更貼近他的生活

霜降之前，女兒照例從遠方寄來一件冬衣

（衫櫥裡還有灰褐、鬱藍的……多年

不穿的──火葬場會不會收容？）

腰圍年年縮減；他懷疑是

西裝褲不小心長胖了。

如果有雪……落在胸前，他打算

把日漸僵硬的指節揉成一顆扣子。

歸藏
——我的詩和父親的罐

都有相同的病灶

多鹽多糖高壓易胖

但更多的是——枯槁

我的詩和父親的罐

是如此的確然

他曾戴起老花眼鏡

那麼慎重地看我的詩集

問過幾個不懂的生字

沒有韻腳可以停歇

他有喟嘆，而我無限羞赧

三十多年用過的意象——

沒有一個比他的鋤頭還重

但他也曾那麼年輕——存在於遺照（近一甲子了）

青澀的十四歲便認識了兩百公里外的月臺

比福興鄉社尾村到天母唭哩岸路途更長的

長工；肩挑百斤橙橘涉過無橋山路

一籃又一籃比故鄉更圓的夕陽

比他幼小的姑叔何曾牽掛

鄉愁如何爬過八卦山？我認識他時

骨節生鏽；犁耙長繭……水稻、番薯、荷蘭豆

玉蜀黍整年農忙。碎光如鱗　剝自額頭

一種水質的痠痛與撒隆巴斯的氣味……拍撲

生活的堤岸；而母親日日帶著包布斗笠

到他黧黑多皺的眼角曬鹽

他的六〇年代近日封疆

寄託在比臺北更遠更遠的暖暖

我帶一句比嘆息還輕的遺言

回他親人四散的老家，掛在

攀著絲瓜黃花的頹牆。廳堂緊閉

夕暮黯淡如缺氧的魚鰓

鎖已生鏽　惟賴魚骨

打開記憶的大海

我們起身離座

終究
我們起身　離座
以溫潤的年輪榫卯契合
以相知與相惜纍疊相構

我們起身離座
那陰影的偏角
彷彿有光
過來——
告訴我們
有霧——留白
山才會更顯寬闊

我們起身離座
背影的前面是山青花紅
這空出來的　人間四月
花香就是要　輕淡旋身
給菩提捻起　便有微笑……

春天還圍靠著我們
但我們起身　離座
因為愛的芳菲與豐盛終究
沒有嵐霧可以罣礙

是啊！這樣安頓！
起身　生命如是晴好
離座　更有
遠方可以凝望
時間——可以穿透

好友林乃光高工同學張淑芳，2018年得知罹癌，數度崩潰、痛哭，幸賴學佛撐之，日復精進。淑芳夫妻執業建築，是一路青梅竹馬過來、相知相惜的一對菩提眷屬。
此畫為林乃光所繪，畫中人是淑芳夫妻相擁望山之背影。「死病老生」皆是過渡，彼岸有光……生命更該如是豁達、惜珍緣對。
2021.12.16，張淑芳為己舉辦生前告別式：【愛與豐盛】我的芳菲人生，乃光囑予題畫，欣然赴命；睹畫二日詩之。南無阿彌陀佛！

林乃光／水彩

2021.12.06

logic complex
——這邏輯，或許只有愛應斯袒有解

我們是餌——

左邊是貓；右邊是金槍魚

中間是釣鉤

過去　再過去是餌

餌的左邊的左邊是餌

餌的右邊的右邊是餌

餌的左邊的右邊不是餌

餌的右邊的左邊也不是餌

它不可以流向海洋

或許可以逆行高山

——邏輯上的河流

沒有魚的哀號

沒有流刺網……

也沒有慈悲

鐵殼船被思想運行成剛出窯燒的

軟瓷——又被睫毛搧出的風吹冷

那樣接近　那樣接近啊人的體溫

靜靜地沉到馬里亞納海溝
就變成了一窟生命的黑洞

這時，我若給你釣竿
——請問誰是河流
誰又是溢出宇宙的
星光？

On my way

我要在路上　　走
遇見一片秋天挽留不住的落葉
遇見一群不斷對夜色狂吠的狗
彷彿這樣就能吹熄風燈
牠們的警告是我的路標
但我不會再走回頭

滿路的泥濘逼我退位
詛咒濺濕我的腳踝
春天凝成我右腳小指的
一顆厚繭，要不　　便是
我左腳大拇指上的一片
──灰指甲……

我就是要走　　在路上
儘管千呎眼力被霧霾攔阻
多彩虹霓將我迷惑
沒有人記住也無所謂
坎坷的小路也有被磨平的石頭
石頭上將有一群比愚公子孫

渺小千百倍的螞蟻

認識我的掌紋

小

苔

月光　想將我染黃
太陽　想將我漂白
缺少草的柔媚與腰肢
我渺小、沒有骨骼
沒有春雨也堅持
綠

微悟

花不在小，如果她
長在佛陀的腳下⋯⋯

因為不忍踩踏——
腳印顯得比頭顱崇高

意想

想三千年前
我在哪裡？

或許有幸　是
某個得道高僧

蒲團之下
──吸飽血
卻更顯卑微的
一隻
蝨子

吃魚八行

這是哪門子的慈悲

說淚……已經是非常下游的事了

五千多公里長啊——從噶達素齊老峰

蜿蜒匯流到渤海灣……

沒有人像我這般愚癡

忍著餓而　不忍下箸——

是因為　連此餐盤你都無法

全身而退了——更何況龍門。

山中

雲在天上移動板塊

人間並沒有添加多少喧鬧

僅是缺乏一種漂浮感——

我踩著的是松針努力縫補

也補不完整的——大地的裂痕

只緣此山　有人在岸邊

磨墨；一個老者進入畫中

因為走路太慢，況且還多帶了

一根拐杖，幸好他還有一把雨傘

——那尖尖的傘頭可以慢慢

把宣紙磨穿……

有沒有雨來，並無大礙

不過是有人把長流筆——仲山亭外

助長一座青山。有人燒水

看峯頂升起青煙；有人烹茶

雲影變化得那麼快——以致

許多歸鳥盡皆迷路

為了避禍那座陷阱

臺灣黑熊繞過大安溪

晚了一個時辰回家

隱者下棋　不語自然

那個山洞　全局沒有移動

就被吃掉⋯⋯我在一旁

認真觀棋　一個下午

只為世界剝了一顆花生

而獵人打獵、樵夫砍柴

好像他們也是

這盤殘局的一顆棋子

一人寺

沒有腳印可以如實丈量

禪鞋可以滲進多少雲水

只知道每天早晨醒來

我的洗臉巾就是

一面海

我要找一座寺廟

卻搬不動任何金瓦

只能就著日出合十自己的指甲蓋

天地待我不薄

在濃霧之中終於自自在在

找到了一個不容回身之地

是啊！那座寺廟，只住我一個人。

一座寺廟　住一個人

我自己淘米　自己洗衣

一座寺廟　住一個人

以蟬聲為鐘　蛙鳴為鼓

晴天為蝴蝶持咒　（芳芳香香一朵花）

陰天為蚯蚓念經　（蜿蜿蜒蜒一條蛇）

常綠的松針在風中忙碌縫補

一片薄霧或者青苔就是百衲

月光長年為我授戒

我一點都不計較螢火蟲

停在山壁或者額頭都是戒疤

那座寺廟只住我一個人

你來也不例外住在寺外

坐在寺前的河上參禪

如果口渴　我會為你

把一顆石頭擰出水聲

上山行

——記2018年3月7日，與覺居、覺清、慧知法師；
石德華、陳憲仁、渡也……諸師以及招娣、靖男，
為新惠中寺「文學步道」取經……

又是一次小小的出家

奇楠用琥珀的色澤融開了早晨

讓櫻紅與微寒在舊寺院前

白象之後，暫且等著——

（為了一座更新更好的

　惠中寺；在人間運行……）

那麼從容　安好

雨豆樹擎著嫩芽　在嘉義

等待春天；等住持

覺居、等法師覺清、等一切

有覺有情、等因緣俱足

把一車的文字

載往旭陵

等著的更有塔山、祝山

八掌溪與渡也；就這麼　路

上山，金蓮花與地藏派來的諦聽

為我們開路，而嵐霧　終究

比我們的舌頭晚來了一步

……「好餓啊！」您說

（多麼多層的歧義啊！）

素雅樸實　自有一種　天真大氣

沒有任何豪闊可以指稱　將來的

人文胃納──只見櫻桃蘿蔔在盤緣

踮著圓熟的腳步；花椰菜也獻出

一身的綠意；新疆來的紅棗

剛為我們開心，酸白菜便有些吃味兒

（老師與師父們還談什麼健忘、暈眩

　　與心臟支架？家父去年有緣──裝了兩根。）

所幸更有日照咖啡的香氣

牽著晴朗──往更高的山霧馳走

一條披荊的文學詩路　就要法顯

就要越過北回歸線……

「我來了，霧散了」；看──貼梗海棠

在沼平擎起一盞一盞琉璃華燈；美麗

或者迷路，任何轉折都有最好的安排

山嵐與夜霧都是天地　隨緣的運轉

最大的一次出家　忘了

是在什麼時候了？一路走來

不管五千步還是一萬步；所有的大行

都是由小小的腳印積累而成，而您知道

這一步邁開──

又是一次

日出

彼岸

────為Pi-wu而作

海，儘管無邊
一滴水也不會捉襟見肘

正因　此岸的滄桑
彼岸才會更加遼闊

須彌墊高了微塵
無須自豪絲毫的偉大

靈鷲展翅到天外天
更無從否認螻蟻的崇高

每一朵禪
都有自己相應的迦葉

濤浪深知此岸是
彼岸的──彼岸

陪你共看　花開左右
千萬朵微笑……自在涉渡

蓮會

—答友Pi-wu

在冰寒的春泥裡醞釀
又歷夏蟬的喧鳴淬鍊
蓮華就該俯首在秋夜
祝福自己的凋萎——

日子那樣有幸逢疊
雲白、雲灰；風清、風傾
緣起於自在　復滅於不驚
我謹留一瓣殘香
隨順斜落——化為
蓮池裡的一滴水

在來世的河流裡
我隱約預知了你會
莫名把我輕輕掬起
從你脩潔指尖滑落時
無人知我是多麼欣喜按捺住
心中那顆蓮子的傻笑呵！
我仰頭——依稀、依然

那樣看到你滑落眼睫

撫過臉頰的淚跡……

＊＊＊＊＊＊

【附記】緣因

人世有浪翻騰打來
我還沉浮在意象的障裡

他手持一朵蓮
微笑說來世要花我一塔講義

我恭謹頷首──
而花就那樣香了！

愛的另一種寫法

——給1995年殉職的消防員，陳俊宏——那時你
二十四歲，現在差不多也快過了二十四年，你還是
二十四歲。

火　伸出爪子

愛　就開始起頭

不怕烏雲罩頂

包在玄鐵裡的心

終於有了一點溫暖

水裡來　火裡去

奔忙交錯的雙腳

飆過烈焰的青春

停駐二十四歲的驛站

不怕火線牽出

回家最遠的距離

因為　愛　可以

爭分奪秒；更快抵達

你的心中

在夏威夷清涼的天空

我們知道愛有另一種寫法

鋼鐵也可以融化

何況紀念的青銅

＊ ＊ ＊ ＊ ＊

【本事】

　　八十四年三月十五日上午十一時二十分，臺中市忠明南路644號「夏
威夷按摩院」發生火警，該店歇業一樓鐵門深鎖，第三分隊立即出動消
防車七輛及十二名消防隊員前往灌救，因火勢猛烈增派一、二、四分隊
十六輛消防車支援，義消一百多人參與搶救，民眾告知，火場內有看守
人員受困……，陳俊宏因空氣瓶之氧氣用罄，無法逃出而因公殉職。

　　故陳員八十年以優異成績自警專畢業，分發至臺中市警察局消防隊，
任職四年期間對各項災害搶救及為民服務工件不遺餘力，深入火場救災
均身先士卒奉獻心力。

　　本府為紀念故員陳俊宏置個人死生於度外，奮勇救人的精神，特於
南區崇倫公園塑立銅像，并刻碑文，供後人景仰、緬懷其英勇事蹟。

　　　　　　　　——摘錄自〈臺中市政府消防局消防人員因公殉職個人事蹟表〉

彼岸花開

救護車尖銳如刀的

蜂鳴聲　猶在耳蝸纏繞……

夜色便急遽地——往邊陲退讓

你瘦弱的肺葉無力再與氧氣拔河

八百公斤的鐵靴　轟轟而來

就要為你踏破黎明

是怎樣的重啊？你剛離開；就有一種

生命中緊緊相連的——無法告知他人的

痛……緣著血脈向我奔來；沿著

點滴留置針，沿著埋伏在你左臂

經常栓塞的那截人工瘻管——

葡萄糖液、生理食鹽水……比我們的眼淚更早

侵入你藍色的靜脈。想那時——你還血肉豐滿

血壓、血糖與血脂卻躲在暗處

引導你的肉身走到烈焰的方向

是的，不用耽心！媽媽很好，血糖不高

弟弟很好，工作安穩；姊夫很好，剛從婚姻的岔口

轉了回來；我也——很好……；你從沒認可

也讀不懂的一首現代詩又登在了副刊；稿費竟然
還可以再為你多拿一手啤酒

是的，親愛的爸爸！已經到了——路的盡頭。
病歷表不會再淹沒您浮腫的腳盤；不會再攀爬您
退化的膝蓋……是的，已經到了　骨頭的深深處
收好　菩薩用烈燄頒發給您的最後一張證書
痛……不會繼續在您身上蓋章。

請放心！每一條血緣的河都有豐沛的中繼站
我們都很好——可以在日沉柳暗的此岸佇立
陪您共看　彼岸花開……

一方盆栽

　　——趙天儀教授（1935.09.10-2020.04.29）

戴著笠　那麼鄉土！
溢出綠　那麼精神！

地上的一撮泥土
在您手中萌芽成
天上的一捧陽光

※2020.11.14，靜宜大學伯鐸樓，【趙天儀老師追思紀念會】。
　趙師母特致與會來賓「一方盆栽」，木製筆筒內，一方翠綠；
　用以體現天儀老師的人生精神——〈小草〉詩作，書法鎸刻於
　樂群街「臺中文學館·墨痕詩牆」。

心的位置

——岩上老師（1938.09.02-2020.08.01）

那一夜
宇宙調暗了祂喧嘩的亮度

烏溪之畔
螢光漫起
九九峰下　（九九；八／一）
四野那樣寂靜

好讓我們把心挪出
安放
一顆詩
星的位置

※寓居九九峰下——岩上老師病逝於2020.08.01，8/10告別式當
　日，筆者父喪（2020.06.06）未滿百日，因忌，不能赴會。
　2020.10.25一早驅車前往南投，參加文化局舉辦之【捕捉時代
　的詩語言能手】詩人岩上追思會，筆者坐在會場後排，幾度泫
　然拭淚……。與會親友人人獻祭一朵白玫瑰（筆者還特別帶一
　支原子筆致獻，老師應知我的心意），之後，向陽老師即席誦
　詩：〈星的位置〉——即岩上老師初期代表作，追思會邀請卡
　封底亦印有此詩。

拆分

——致詩人岩上老師

年代還未更換，我們相遇
知道您——在碧山路　耿介的
詩筆……長年躬耕著自己的藍田
知道臺灣瓦那麼沉重
不時亦有青苔的滑痕

那年拍照　草屯懷抱中原里的稻田
還記得您芒尖的溫度與硬朗的身影
不意　近一、兩年　您著穿鐵衣。
專程為您與師母手抄的那部藥師經
未乾的筆墨遺痕……還靜靜地晾在
您眺山、望溪、泡茶的窗下

母父之喪接連……噩耗驀然又來
以為還有綠意　還來得及。所以
那麼說好秋天　秋天再來履約
這麼一延，就是——冬盡

過臺十四線。從您意象尚未抵達之處

悵然折回。恍惚若有所詩

太極在掌中　虛實在筆下

有螢火的微光在烏溪　激流

水煙漫越之處，您用詩病示現

陰陽如何割分？過臺十四線

我站在九九赤峰之下泥乾的

田園土埂旁　靜看您

藍田種出的

孤挺之花

※《更換的年代》、《台灣瓦》、《綠意》、《冬盡》、《變體螢
　火蟲》、《激流》、《詩病田園花》……都是詩人岩上老師留世
　的詩集作品。此詩謹以「拆分」為技、分其書名為「象」……更
　隱喻「生之別離」，略記與岩上老師的一些心緒、交遊。

傘下

——給永念庭裡的媽媽

是的！我知道總會有一場雨
過來告訴我——翅膀如何飛離一隻鳥？
像覆著的一個碗巢，在小小角落裡
您是母親；您是傘，無數回
在雨中為我盛開一朵花

是的！我當然曾是羽翼豐滿的
鳥，展翅離開——模仿您生命的骨架
想要弧成一個更大的圓而忘記那朵花
一朵花啊！怎有足夠的勇氣為我攔下
雨……那樣滂沱的子彈

雨……那樣順勢漫延到大坑內山
青翠如洗的眼眶　心底的鼓聲……
更加鮮活的跳動　我知道
有些愛是不鏽的骨架
但時間卻那樣　老了。

在多雨的基隆　區名暖暖

山坳下一處面南的納骨塔

生命不會比此刻更濕了

在那把黑傘的裡面

抱著瓷罈中被火濃縮的您

（小時候，您也曾緊抱著我的呵！）

雨……那麼滂沱地下著

那麼潮濕地想著──要如何更靠近

骨骼……成為您膝前的一支拐杖

就要為您收傘了；親愛的媽媽

這是雨都；生命的潮濕與溫暖都收攏到

心的這一處來了──一個小小的宇宙

匯在淚中……相互將我們擁抱。

他日；我們如何……

——父後五日，母逝對年有廿日；致生命之所從來……

孺慕著、孺戀著……
月光如水　靜靜地流淌

槳　那樣愛上波濤　以動
波濤　那樣愛上海　以靜
海　那樣愛上燈塔　以夜
燈塔　那樣愛上舟　以光
而舟　那樣以死　愛著槳

以骸為舟　安父於上
瘟疫啟封而王船欲燃

是浪　就不該拋濕與岸
是槳　就不該向黑夜冒進
是塔　就不該鳴放三長兩短的霧笛
是海啊！是注定要那樣擁抱著船的……

月光如水靜靜地流淌；奈何
眼淚……終不是最後的水懺

是那樣難捨難安的清淨之心

沒有橋；亦不需要橋

或有魂夢輕輕地牽繫

一種撕裂如藕　之斷

此生！——就要錯過了。

他日；我們……我們如何

如何在河海交匯處　自然

自然激動又靜靜地……

相縫。

冬夜；在候鳥的北方

——給先父紀茂松（1943.09.17-2020.06.06）

冬夜；在候鳥的北方……

雪燃燒了房子

天空急遽降溫

等我用火融化牆角那堆

綁架歷史而更顯陰暗的舊報紙

冬夜，在北方

翅膀摩擦大氣　　飛離了鳥

有一些意象　　正在跟我訣別

大熊座的瑤光[1]星知道：冬天是

不請自來的遠房親戚

穿著雲白雪香的喪服

坐在我家客廳——獨自

斟酌……先父遺留的二鍋頭

嗶嗶剝剝踩響地毯腳畔的花生殼

---

[1] 瑤光（η UMa／大熊座η），亦稱北斗七，位於大熊座，是北斗七
星最東邊（左側）的恆星。英文名Alkaid或Benetnasch，源於阿拉伯
文，是「送葬者」之意。《佛說北斗七星延命經》稱之為「破軍」：
「南無破軍星。是東方琉璃世界藥師琉璃光如來佛。」

【後記】

　　父親洗腎七、八年，毋寧是新冠疫情政策隔離的間接受害，但想是父母情篤，是母親來接父親的；母於2019.06.06出殯；父於2020.06.06仙逝。當晚送父親「入宿」臺北一殯，流水號末四碼竟同於我所用的手機末四碼。諸多生死巧合，難以釋懷。

　　父後十三日，筆者寫此詩第九行時，滿天星座即想「大熊」，北斗七顆組星亦即想「瑤光」──此一「意象」先出於筆下，訊息解釋是詩成之後，上網GOOGLE查詢方知；冥冥之中似有注定:筆者紫微命盤「破軍」坐命，父親在醫院彌留之際，親於耳畔所一再頌念佛號即是「南無東方藥師琉璃光如來」。

　　願以此詩，致天下有覺、有情……死生同安──南無東方藥師琉璃光如來！

我已縮小人世的規模
—— 父親告別式後一日

我已縮小人世的規模

藉由母親的訃聞，去年

奠儀兩包———是

年少識讀的友伴；再則

中年交遊的詩人……

我已縮小人世的規模

藉由母親對年稍後　父親的訃聞。

告別式場人來人往……肅穆而安靜

大弟擔任會長的地方商會；

小弟海釣結識的同好；

還有我自己的奠儀：恭誦

地藏本願、手書藥師與心經，以及

南無無從數起的菩薩與佛……

為了把所知最後最好的這些　親送到

父親的耳根與心上

我已無限縮小人世的規模

為了一種難以知解的天寬地闊

——無母無父而

一人孤哀。

奈何

過去；

已然過去。

——就不說了……

左腳　剛拔離今生

右腳　正要涉渡來世

此刻　我遲疑地

顫抖著　伸出雙手去接

而後慎重敬謹地捧著

孟婆端來的那碗——

華麗而忘憂的湯汁……

世人不懂

我珍釀妳給我的苦為樂

正如妳也不解——為什麼

我曾在水淹及胸的橋畔等妳

……妳的臉是水——從上游

豐沛而來……我怎能一公升

一公升……甚至1 C.C.

1 C.C.地……把妳忘記……

家喪

——給父親；新冠疫情的間接受害者。

我以為你只是翻身，再睡。
或者不過就是穿著簡便拖鞋
到巷口轉角便利商店買菸；
白長壽的菸支——約略你的手指
卻又多了那麼多斑疤與皺褶……

只不過聽見幾聲咳嗽
救護車就迫不及待載走你的呼吸
臨時隔離的檢疫處——就是
親情難以抵達的冰櫃；有些東西卻
正在加溫。譬如你的額頭、顱壓
譬如你最疼愛的弟妹們的擔心

怎樣的血液透析才能過濾我們
太鹹的眼淚……？時間將在這裡
留下一個意外的空缺。親愛的
父親！你不知道　此生與記憶
將出現　　——　　最大的斷層。

——我們家有幾次板塊碰撞

　　這一次，你是震央；而我們

　　還來不及成立

　　應變中心⋯⋯

家

帶著火去的
勢必要
帶著雨
回來

背對著你
兩個比枯枝寂寞的
老人，還坐在爐火前
拆下自己的骨頭
烘乾你的一生

門虛虛地掩著，窗外
整個天地的黑
俯垂過來

大雨傾盆而下了……

輯陸

星散 （散文詩）

乞丐！

很冷的，冬天的傍晚。

他，坐在天橋之上，衣履掩不住寒酸——腳穿一雙破漏的襪子，面前擺放一個泡麵的空碗——裡面稀落著幾枚零錢。

（幽暗的夜空，渴望多幾顆發亮的星星；夕陽像一握緊的拳頭，重重地敲在地平線上——地球並沒有因此凹下一個深坑。）

坐在天橋上面，他，戴著比路燈還暗的口罩，低首在髒污色澤的連衣帽下。我走過看見——那骨架——站起來，絕對比我還高。

我要到附近的店家吃飯——週年慶活動折扣的自助餐。吃到鹹魚苦瓜的時候，我想起他——天橋上那一坨瑟縮的孤寒。

回程，為了給他一盒溫暖——便幫他帶了一個有蛋、有肉的便當……；走過去，彎下膝蓋——我輕輕下放；他也配合騰挪了身姿……

My lord（我冬夜的君王），請原諒——我無意看見——在您身後牛仔褲坐著的下方，那雙嶄新的球鞋——對我閃著弦月的冷光。

囚犯

——動物園裡已經沒有那個獄卒看過的長頸鹿了。

多年來，我已不再抓著自身的肋骨搖撼，要求世界獲得平
反⋯⋯

正如心臟無力與膀胱強健或心臟強健與膀胱無力只能擇選其
一一樣，教人兩難！

冰舌順著淹沒的河道緩緩舔來，盡快，滑著你的雪橇走開⋯⋯
啊！——雪崩與血崩要隔著遠距離觀看才有動人的美感。

在這荒廢的木造驛站，我真真怯怯地知道：載著鄉愁離去的
鐵軌不曾為旅人的意志而曲彎。

當世界到處電鎖，甚至密碼、音頻、指紋與虹膜⋯⋯。讓那
把生鏽的、進退維谷的、再也無門可開的鑰匙——住進我最
黝暗的心房裡來吧！

我是時間的戰犯；寧教脊椎因負載太多風雪而折斷，也不願
傻愣愣地在冬夜用斧背敲擊白楊枝幹。

懸絲傀儡

——致潛規則

最痛的——不是鐵絲穿過——被綑綁的，總是一些關節——
但確實——還有更多的曖昧——皮諾丘……除了說謊之外，
生命更有難言之隱：譬如——慾望比鼻子更容易——變長。

經濟——就有那麼長的腳——涉足地球的經緯。

哭……是聲的懸絲——沒有耳膜承接……；情感也有懸絲
——但沒有一顆心可以潤澤……還有你潔白高長的頸——更
有懸絲——是的，任憑世界——就那樣覆雨翻雲……手，也
做過一些夢——宏偉的史詩與英雄的傳奇……，但——那太
扯了。

市民大道上——有月光……烘乾的眼淚……

我們的連線……就要……斷了……；此後，我再也難以向任
何人——提起自己。

傳教騎士

兩段式左轉的路口。

他們——金髮的騎士，並轡把夕陽餘光搭載過來，為城市的喧囂添加一種異國色澤；稚嫩俊美的臉龐彷彿埋有福爾摩沙的中央山脈，「HELLO」的聲音爽朗迸出；北京話字正腔圓，毫不滑膩沾黏，像天空漂浮自在的潔白雲塊。

「Where are you from?」

最靠近車輪的天使揮動翅膀跟我閒聊，介紹他們比我早二十多年認識的上帝。呃！「上帝」我知道；就是好萊塢影片，他們常說的「MY GOD!」他們向我親切微笑；點頭認同我沒有與時代脫節。

他們讓我知道——上帝的眼睛比他們的領帶還藍，皮膚比他們的襯衫還白——而且都會發光；差不多三分鐘太陽挪移的時間。交通警察緊吹警哨，猛打手勢示意我趕快離開或者退讓。

「Where am I going?」

綠燈之後，我行我道；在紅燈掌管的那一百多秒也微笑接納——住在他們嘴中的上帝。

關於豬肉餡餅與良心事業

我道貌岸然這個世界的良心，在豬肉攤的對面眾目睽睽幫一個寡婦賣了三個月的豬肉餡餅。豬肉餡餅、豬肉餡餅、豬肉餡餅……，看多久都不會噁心、吃多久也是！

我無悔；我要說：最好的朋友、最遠的親戚也不打折；我要說：這裡的名詞都不是我的——豬肉攤不是我的，豬肉不是我的。

（君須知：「豬肉攤」與「豬肉」不是指同一件事情，當然「豬」與「肉」亦然。）

我要說：餡餅不是我的，寡婦不是我的，剛剛走過的那個百貨公司專櫃小姐與纖腰的名牌包腳踝的高跟鞋……也不是我的。害我不小心這首詩又增加了許多名詞，譬如：百貨、公司、專櫃、小姐、腰腳、名牌包與高跟鞋……，更不小心的是——整座黃昏市場男人們的眼球都掉到她的乳溝裡去了……；掉進去的當然還有一些女人們口水發酵的醋味……

我恍恍惚惚記得：那美麗的手付過我錢，還說不用找零，但那錢不是我的，沒有明說的小費也不是我的，甚至……啊！

我……我，也不是我的！不是我的、不是我的、不是我的。說多少次也不厭煩……。客人笑說「不是我的」是我的招牌，因為想吃豬肉餡餅、豬肉或餡餅時──就會想到我。

什麼是我的？我只是一個月薪22k的畢業過又失業過的大學生。我知道一座人來人往的菜市場並不比一座知名學者坐鎮的大學遜色（這麼說就是我不怕被當了）。

我想報告，也沒有講臺了。而我真的想說：菜市場與大學應該都是良心事業，牠們或祂們都該像是我現在所從事的。我堅持餡料的新鮮，包括豬肉、麵粉、擀麵棍、大腸桿菌與酵母粉、薄鹽醬油、韭菜、蔥花與高麗菜葉……。像尺蠖那麼一爬一爬就蛹化成了春天。

這裡人聲開始鼎沸，但不時興炒作。是的！我堅持一個月不怎麼多的薪水（增加泡麵並減少娛樂）；我堅持新鮮──除非，配合附近大學的烤肉校慶。我在這裡讀書，不翹課、不作弊……是社會學系一個不想再畢業的，大學生。

中年男子的憂傷

比擁著情婦的腰身入睡困難、更比十月懷胎困難！～～啊；
生活無法繼續懷抱著夢。

曾經「悠遊卡」在臺中，被309號公車的車門夾斷，在臺灣
大道的水泥荒島進退失據，一個人如此荒涼——無人同行與
同情，也沒有多少人追問——切身如自己的**middle name**，那
字：「炯」並不等於「焗」～～啊！

更曾開著鷗翼車在海岸公路筆直飛翔——目的地設定舊金山
——自動駕駛、自動導航；調頻電臺把陳昇聽到哭；卻想到
某個比自己年輕十八歲的長腿偶像跳舞跌倒而啞然失笑。而
一首新歌陌生的字句還在爭辯韻腳就停在我該下車的捷運
站；宿醉時也順道想想街口轉角躺平的斑馬是否想過剃去身
上的黑線條？

如今，髮線一節一節敗退——帽子邊角也暗暗長出青鳥與綠
草。可恨與可愛皆像基因被移花接木；尷尬那樣申辯無門，
像不明國籍的噴射客機——禁止通關。無人聞問了——歌哭
之後，「自得」與「憂傷」結伴趴在方向盤上小睡，可堪欣
慰的是二手進口車仍比讀幼稚園的兒女年輕。

空有統一發票卻不能兌獎：中年男子堅強地擦乾後視鏡看不見的淚痕……，我彷彿看見自己在油門與煞車之間啊不斷試踩；而終究還得併排停車到超市買菜、提衛生紙（家庭號），再抱回貓砂與狗糧……，約略每月中旬幫不便曝光的女友買衛生棉又繼續報公帳。

老木匠

繭來爬滿——他的手指,雖然現在乾枯,但血脈也曾經豐腴。

爺爺的爺爺曾在北京頤和園做慈禧坐過的椅子(「老佛爺」
之前,一個千百倍純潔的女人先坐過了!這不能說;張揚了
出去是要被砍頭的。)

爺爺的爺爺透過根器遺傳給他一雙好手;爸爸的爸爸則千方
百計幫他鑿好了榫眼(十一個榫孔自然有深刻含意——細究
無非為了某種傳承。)那百年累積的家學、手藝、指紋與
DNA確實,不是唬人的。

他做過的傢俱:百年老樟做雕花的大門、烏心石的供桌、雞
翅木的圈椅;黃花梨的眠床上硃砂紅的木漆(更有雙人碰撞
出來的大夢與跌出夢中的子嗣……),那不夠的料材——硬
是用黃楊木與酸棗樹拼接。

「ひのき」的衣櫥裡有北京的帽子、上海的大衣與橫濱船來
的「西米羅」——穿出去的形象,沒有蛛網、灰塵、蝨子與
白蟻,讓春天住在裡面柔軟舒適……。而關起櫃門嚴絲合

縫，非常抵拒此鄉的風雨。他知道樵夫的柴，大部分會升為
竈口的炊煙，然後會再淪為缺角碗盤裡的吃食。

他從沒為任何老太婆打造過一把椅子——欲把佝僂適切地塞
入世界的位置是多麼困難啊！直到聽人說起故鄉的妻，終於
做了一把，又扛了千里回去。他站在那扇傾頹難開的雕花大
門口哭泣；找不到那個熟悉的身影了，只能陪著那把裝不下
自己骨頭的椅子傻愣地倚在新刻的石碑旁。啊！那是他此生
做過的，最後的傢俱。

優雅生活

虹吸式玻璃壺在腦門生煙……，日影爬得比他筆耕的藍田還快……，一杯espresso在桌角已被靈感喝光；而夕陽卻還伸出紅舌——再喊渴……。

某種流行，像在咖啡館裡寫稿；不然就是讓香味牽引——走向咖啡的路上。用路人的眼光端正自己的儀容，自適地坐著位置——靠窗，跟品味高雅、長長假睫毛美麗的老闆娘好像很熟，也很有禮貌地詢問女工讀生的近況。

未來，我會像他——隔壁桌難以高攀的優雅——像高踞樹頂的麝香貓——談笑間有種顧盼——眼神如水流動……。惟某種進口高級品牌的成人紙尿布知道——在咖啡館喝著南瓜濃湯、害怕得攝護腺癌的老人——已經有漏尿的習慣……。

單戀，套房

很久了。

很久以前，我的心就住著一個房客。因為沒簽租約，所以理所當然不付房租。她一直住在裡面，不想出來──因為她把回家的鑰匙，丟了。

有一天，她可能會打開門──發現佇候在門外的房東已經老成一副枯骨了。

而她，也終於用一滴眼淚來償還……

熱水器維修

熱水器壞了，時而會熱，更多時候耍爛罷工；要開開關關用水點火多次，慾望興起時——這樣等著……等著……，也就冷了。

忍不住了！最大的一波寒流來臨之前，請水電工來修。我故意請假等他，並且把門鈴拆了，我不喜歡陌生人連按我家門鈴兩次；這可能跟一個郵差有關，雖然是很小很小十五歲以前看過的電影。

維修工人沒按門鈴，但卻打了兩次手機。熄了引擎，沒關緊車門；拿了油污迷彩的工具箱，一進門來也不脫鞋。我不介意——他身上有些酒味，臉上有些鬍渣，而眼底有些悲傷……，我知道只要是男人，多少會有這些事兒。

他的專業，女人拿走了三成，酒精奪去了六成——為了拆掉一個防風罩，試用了四種螺絲起子。「不是沒直流電，不是沒打火石，不是螺帽鬆脫，也不是沒瓦斯……」逕自喃喃說些我都了解的問題。

修理工人檢查了半天終於確定是輸送瓦斯的細銅管裡蜷死著一隻蜘蛛。拆下銅管嘴對嘴吹一口氣——呼！維修費用，兩百元。

「這問題，就不能在熱水器設計時，加一個防蟲的篩子嗎？」我說。

「好笑了！但也是不無常見，蟲也需要取暖。如果照你所說，你就更少看到我們維修人員了。」理性地遞給他兩張新臺幣，我覺得他的說法像一則隱喻。

身體好擁擠

身體好擁擠，我的心太大；身體好擁擠，我的膽太壯；身體好擁擠，我的慾望太多……

身體好擁擠……。是啊，那麼──都把牠們搬出去好嗎？

搬出去啊才知道：外面根本也沒有容納「我」的地方。

枝開了葉散了花繁了果茂了；枯了枝，散了葉，落了花，爛了果……

身體還那麼擁擠嗎？

心還是很大，心還是很大、很大……；但卻覺得自己越來越──空……虛……

我要告訴你的祕密

不想說了：在碗櫥裡的第三格，結婚時，岳母從百貨公司買來的——打折的珍貴瓷器，從來沒有在日常生活裡現身。

不想說了：在衣櫥的第二扇門後，結婚紀念日，妻子用銀行信用卡點數換回的絲質領帶，只沾過蛋糕上的奶油一次。

不想說了：換過家門與汽車的第四把鑰匙，打不開空間裡適合冬眠的冰冷空氣、可以瓶裝的呼吸……

不想說了：要告訴你的祕密——請自己打開——在碎紙機裡。

沒救了

如果沒有花開，我也無法禁止世界上所有的蝴蝶揮動牠們的
翅膀；如果沒有情感，我也無法禁止一隻濾過性病毒無頭
無腦進化出來牠們的抗藥性；萬古黴素躲在暗處發光或發
抖……，我也無權過問。

不是企鵝才會擔心冰山要離開；也不是只有北極熊才會擔心
飢餓；救一個在貧民窟裡嗷嗷待哺的小孩要擔心以後他會吃
下多少的牛排？保持這樣的憂慮——就沒救了！

是的！所有的一切都在生發，尤其是我對你的，愛！

追尋

要跟世人解釋土星的光帶或火星的曜斑，我寧願選擇沉默！

當我駕著坑坑疤疤的太空穿過無數個致命的黑洞回到我們的船艙；謝謝地球張開她兩臂的陰暗迎我。

整個宇宙沒有一顆星星看見我輕輕回過頭擦掉潤濕臉頰老人斑的那顆絕望而扁平的眼淚。

我把太空船停妥在基地，把宇航圖摺好放在駕駛座，把探測器加密駛進最深最深的歇心處。

是的，我不否認此身愛情是我所能尋找到的最大的一塊拼圖，但生命還是有一些空白或裂縫此生永遠無法填補。

秋風思

——過古道

被羊齒植物嚼得遺骨不多的小徑像一條時隱時現的花斑錦蛇
——似乎只我聽聞荒廢百年的古寺對我傳來一縷呼喚的鐘聲。

有邊的孔洞，難以傳達一絲天籟……。音與光如漣漪，擴散
於宇宙最初的一點。也不是所有的花，都有自己的果位；
我循根而往——驚嘆樹枝十方生長著火焰，而終將化為炊
煙……。

懷揣著最古的心經，漫步於隕石滅度的天坑。而如來眼中見
我——只是徒然擦拭一顆永不乾竭的眼淚。

異域

一隻迷途的、翅羽染白的烏鴉如何踏亂被冷佔領的夜色？猶之松鼠在雪中剝出一顆鮮紅如血的漿果──「流亡」或「自我放逐」重疊著部份的命題，它們都很難使一個異議分子更為冷靜，只是更多的熱情被更高緯度的烏雲壓了下來；而「長途旅行」或許從來不單是赤腳或思維的問題；那又是什麼構成我寫作的理由？

（斜斜的陽光，鄰居的雪人，老面對著我寫作的窗口，我聽過多次畫外音式的獰笑，更見過它對著天空定格著中指……。）午後，從鴉群的第一聲嘎叫開始──我在溫暖的燈下思量該如何給那篇離鄉小說主角一個更好的遭遇？

恍然記得，多年前，我也曾經寫詩，絕大部分的意象沒有完成雪花美麗的結晶就被陽光與雜務融化了。如今窗外，不明國籍的雪下得繁急──是北風從安大略抱過來的吧？與我的思考處在一個平行的宇宙──妻子打了一個哈欠；兒女仍在床畔被窩裡等待一個驚險的故事：

地球的背面，生命一個少人得知的仰角──住在雲之南方的父親在夢中又從臺18線驅車上阿里山去把北回歸線的太

陽擦亮了，而怕熱的母親汗流浹背還拄著拐杖要去郵政總
局為我寄出一封輾轉的航空信；我的思緒豈能裹足不前在
茫霧紛飛的雪花之中為一個凍僵的語詞繼續跋涉……

明天，虛構更多的小說──練習說更多的實話；我是說：明
天如果放假──院庭裡會多出來一個把紅蘿蔔當鼻子的雪
人，而當然暮色如髮降臨之前，我跟兒子之間更有一場雪仗
好打；我會把雪球擰得鬆鬆的……。

印象NO：5

不起眼——像題詞，總是忘了封底隔壁的扉頁。

我的記憶在尋磚覓瓦……冀望可以再搬進去住些時日！一個小小的村落正日夜傾頹；親情那樣四分五裂——不是再濃的炊煙就可以縫補得了的。

村子整年死氣沉沉，只有媽祖出巡與清明時節才會轉醒。一條八堡圳的水路被青苗搶食，而水泥小橋有些向左傾斜，叔公諧謔戲說：比他的褲帶還短啊！上下兩座墳場若是夾住生命的吐司——社尾村在番社旁邊便是肉身剔除不太乾淨的胸肋。

比廳堂門扇孤寂，風氣未開；爺爺中年經常腹瀉，沒有牌照的赤腳醫生抓藥治好了他的病，但沒有多少鄉人知道腸子比飢餓還要蜿蜒。這裡，大部分人家務農；村口一戶入教的家族，親戚兄弟都在製作麵線——細細的田埂也在陽光下曝曬，以故，我一出生就帶著土味。童年我也放牛，但很努力在墓碑上識字；看著、看著……，竟也在夢中挪出詩來——是千篇一律的五絕、七絕。

半個世紀之前，父親在兩百公里外的一座山腳工作，母親比
守寡還好一些；農暇後院豬圈的旁邊更養著雞腿，但總是不
夠大年夜圍爐時弟妹們一人一肢，我勉強分到了雞翅而雀躍
不已，代價是得幫看──我們家賣出去的大豬換回來的幾斤
肥肉在鍋鼎裡，炸油……。

在社尾

——先考記略

月亮最圓最亮的那一夜誕生；而嫦娥何曾多看他一眼，破漏的小農村還被四野的墓塚包圍。貧窮如風——有縫就攢，而鈔票總被勢力者攔截。排行老三的長子（兩個早婚的姐姐、三個更幼小的弟妹……）；他，國民學校正要畢業，在父親糖尿病截肢之後，孤獨地蹲在田埂——努力地推敲為什麼稻子還不長出春天？

只習慣北風、黑夜與牛毛上晨霜的寒冷，更習慣佃租的兇惡與鋤鐮在手腳咬出來的血痕，或許也習慣那樣一個人躺在墳起的斜坡上巴望天色——風箏也有自己的臍帶——能不能拉過來一片烏雲，將自己掩埋？

所幸擁有一個繁茂的名字，希望如電，匆匆一閃——病蟲害剛過又染上枯熱病的空空的稻穗以及被飢餓嚴實罩住的強烈蠕動的腸胃。一個夭折的黎明刨出祖先的棺木，把燐骨抱在胸前，讓所有難遣的親情鳥獸散去。

可不可以在另一個高地丈量自己？匍匐卑微爬過濁水溪，一路向北步行「三暝四日」的路程……被汗淚弄糊了的眼眸——那樣看見並且記取：整個村子都是他的，炊煙……

附録

《就是要開花》篇目發表索引

輯壹　年青

篇目	發表期刊／備註
輯頭詩：就是要開花丨	《人間福報副刊》2017.12.12
猛虎玫瑰	《青年日報副刊》2021.01.11
落葉詩句	《青年日報副刊》2021.12.10
天地	《青年日報副刊》2021.05.30
一幅大畫	《青年日報副刊》2020.08.24
尺幅千里	《青年日報副刊》2020.03.23
一日	《青年日報副刊》2020.01.03
望月	《青年日報副刊》2022.01.21
玉山	《青年日報副刊》2021.08.13
夜過燕子口	《青年日報副刊》2020.10.26
瀑布	《青年日報副刊》2020.12.22
如此盟誓	《青年日報副刊》2021.05.14
希望	《青年日報副刊》2020.09.11
洞徹	《青年日報副刊》2021.07.11
靈感	《青年日報副刊》2022.01.02
隨想九行	《青年日報副刊》2021.04.30
現代詩人	《青年日報副刊》2021.03.15
胡楊	《青年日報副刊》2021.06.18
春	《青年日報副刊》2022.03.11
農忙幻響曲	《青年日報副刊》2021.04.23
荷塘童趣	《青年日報副刊》2021.10.24
風鈴	《青年日報副刊》2020.02.19
火柴	《青年日報副刊》2020.05.08
書籍	《青年日報副刊》2021.11.21

輯貳　曾經綠過

篇目	發表期刊／備註
輯頭詩：就是要開花Ⅱ	《人間福報副刊》2018.01.15
上帝	《笠詩刊》第191期
巨人	《笠詩刊》第197期
裁判	《笠詩刊》第182期
礦工	《笠詩刊》第197期
雙贏	《笠詩刊》第196期
政客諍言	《笠詩刊》第208期
閱兵大典	《笠詩刊》第196期
軍人公墓	《笠詩刊》第197期
戰爭詼諧曲	《笠詩刊》第196期
死亡無限公司	《笠詩刊》第201期
死亡攝影	《笠詩刊》第207期
晦澀年代	《笠詩刊》第192期
御史遺書	《笠詩刊》第206期
蛆的祖先	《笠詩刊》第197期
盲點‧比目魚	《笠詩刊》第189期
蜘蛛	《笠詩刊》第201期
烏鴉的早晨	《笠詩刊》第197期
烏鴉存在的玄學	《笠詩刊》第197期
啄木鳥的政治哲學	《笠詩刊》第205期
火的意義	《笠詩刊》第183期
意在言外	《笠詩刊》第198期
沒有隱喻	《笠詩刊》第197期
時間的憂思	《笠詩刊》第201期
哲學	《笠詩刊》第196期
徒勞之詩	《笠詩刊》第198期
無題短章	《笠詩刊》第197期
腳步	《笠詩刊》第205期

篇目	發表期刊／備註
迴音	《笠詩刊》第182期
放學後	《笠詩刊》第188期
博愛座	《笠詩刊》第192期
果汁機	《笠詩刊》第208期
碗之斷想	《笠詩刊》第197期

輯參 年華

篇目	發表期刊／備註
輯頭詩：就是要開花Ⅲ	《人間福報副刊》2018.01.29
一種滌盪	《野薑花詩集季刊》第30期
江湖	《野薑花詩集季刊》第34期
江湖Ⅱ	《野薑花詩集季刊》第34期
再陷江湖	《野薑花詩集季刊》第37期
砍樹記	《野薑花詩集季刊》第27期
月光逸向	《野薑花詩集季刊》第31期
火的指事	《野薑花詩集季刊》第32期
孤獨	《野薑花詩集季刊》第27期
來個頓悟	《野薑花詩集季刊》第22期
我開拓音聲的領地	《野薑花詩集季刊》第25期
寂靜十四行	《野薑花詩集季刊》第28期
空姐	《野薑花詩集季刊》第30期
唐吉訶德再穿越	《野薑花詩集季刊》第38期

輯肆 花開

篇目	發表期刊／備註
輯頭詩：就是要開花Ⅳ	《人間福報副刊》2018.03.15
海，輕輕兮溢過來	新港奉天宮【百年大醮－詩詠媽祖】 母語詩組首獎

篇目	發表期刊／備註
深山林內	2018年第七屆臺中文學獎‧臺語詩組佳作
過阿塱壹	2019年第七屆金車現代詩網路徵文獎‧特優獎
阿里山途	2019年第十屆桃城文學獎‧新詩第一名 《幸存者詩刊》2020年第1期－（總第16期） 【民視－飛閱文學地景IX】
南投‧五石散	2019年南投縣玉山文學獎‧新詩優選獎
尋找銀河冰果室	2022年【彰化建縣三百年－百詩爭鳴】‧徵詩入選獎
不得不的生活	2021年【吾愛吾家徵文】現代詩首獎 《福爾摩沙之春－2021風球詩社詩選集》
歸藏	2020年第22屆礦溪文學獎新詩優選獎

輯伍　離座

篇目	發表期刊／備註
輯頭詩：我們起身離座	張淑芳生前告別式：【愛與豐盛】我的芳菲人生 2021.12.16
logic complex	《人間福報副刊》2017.05.31
On my way	《人間福報副刊》2020.02.05
小	《人間福報副刊》2020.05.20
吃魚八行	《人間福報副刊》2019.11.13
山中	《人間福報副刊》2019.09.09
一人寺	《人間福報副刊》2018.08.27
上山行	《人間福報副刊》2018.04.03
彼岸	《Facebook》2017.09.11
蓮會	《人間福報副刊》2022.02.10
愛的另一種寫法	【三月驚蟄】以詩歌音樂向生命致敬 　　　　　　　　──獻詩2018.03.17於臺中放送局
彼岸花開	《世界日報副刊》2019.11.24
一方盆栽	《笠詩刊》第341期
心的位置	《掌門詩刊》第78期‧岩上老師紀念專欄 《笠詩刊》第341期

篇目	發表期刊／備註
拆分	《人間福報副刊》2021.01.19
傘下	《世界日報副刊》2021.04.03
他日；我們如何……	《中華日報副刊》2020.08.09
冬夜；在候鳥的北方	《笠詩刊》第341期
我已縮小人世的規模	《台客詩刊》第23期
奈何	《人間福報副刊》2017.11.14
家喪	《野薑花詩集季刊》第38期
家	《人間福報副刊》2016.03.28

輯陸　星散

篇目	發表期刊／備註
乞丐！	《中華日報副刊》2020.08.28
囚犯	《中華日報副刊》2018.12.20
懸絲傀儡	《子午線新詩刊》2號
傳教騎士	《中華日報副刊》2021.07.31
關於豬肉餡餅與良心事業	《中華日報副刊》2022.01.19
中年男子的憂傷	《中華日報副刊》2021.04.14
老木匠	《更生日報副刊》2022.01.13
優雅生活	《子午線新詩刊》3號
單戀，套房	《世界日報副刊》2016.12.08
熱水器維修	《中華日報副刊》2018.11.26
身體好擁擠	《中華日報副刊》2019.02.01
我要告訴你的祕密	《中華日報副刊》2020.03.24
沒救了	《世界日報副刊》2020.02.15
追尋	《中國流派》詩刊第九期（香港） 《中國散文詩人2017-19》
秋風思	《人間福報副刊》2021.11.05
異域	《中華日報副刊》2021.03.20
印象NO：5	《中華日報副刊》2021.12.22
在社尾	《中華日報副刊》2021.06.08

語言文學類　PG2904　吹鼓吹詩人叢書52

就是要開花

作　　者／紀小樣
責任編輯／陳彥儒
圖文排版／陳彥妏
封面設計／嚴玟鑠
封面完稿／吳咏潔
書法題字／葉國居

發 行 人／宋政坤
法律顧問／毛國樑　律師
出版發行／秀威資訊科技股份有限公司
　　　　　114台北市內湖區瑞光路76巷65號1樓
　　　　　電話：+886-2-2796-3638　傳真：+886-2-2796-1377
　　　　　http://www.showwe.com.tw
劃撥帳號／19563868　戶名：秀威資訊科技股份有限公司
　　　　　讀者服務信箱：service@showwe.com.tw
展售門市／國家書店（松江門市）
　　　　　104台北市中山區松江路209號1樓
　　　　　電話：+886-2-2518-0207　傳真：+886-2-2518-0778
網路訂購／秀威網路書店：https://store.showwe.tw
　　　　　國家網路書店：https://www.govbooks.com.tw

2023年4月　BOD一版
定價：300元
版權所有　翻印必究
本書如有缺頁、破損或裝訂錯誤，請寄回更換

讀者回函卡

國家圖書館出版品預行編目

就是要開花/紀小樣著. -- 一版. -- 臺北市：
秀威資訊科技股份有限公司, 2023.04
    面； 公分. -- (語言文學類；PG2904)(吹
鼓吹詩人叢書；52)
    BOD版
    ISBN 978-626-7187-77-7(平裝)

863.51   112004530